詩文集

波輪

今井せいじ

文芸社

はじめに

小学校三年の時、授業の課題で作った詩が記憶に残る私の最初の詩である。その詩を書いた用紙はとうの昔になくしてしまったが、その内容は、先生に褒められたことの嬉しさと重なって、温かい思い出として残っている。

冬、こたつで学校遠足の写真を見ている時の情景を書いたもので、写真の中の皆に見られていると感じ、恥ずかしくなってこたつの中に顔を隠したというような内容である。

以来、詩または詩のようなものを時折書いてはいたが、その時の慰めであったり、一時の感興《かんきょう》であったり、精神の安定を保つためのものであって、残すようなものではなかった。ただ、ここ数十年は、賀状に自作の詩、または詩のようなものを載せている。

終戦の年の三月に私は生まれた。その一週間後に、私の顔を見ることなく実父は戦死した。二十代前半には、母と養父を癌と交通事故で亡くした。その後、妻を得て、三人の子どもと五人の孫を持つに至った。後期高齢者となったことを契機に、今まで書き散らしていて残っているものに、新たに書いたものを加えて、一冊の本にまとめることにした。

「波輪《はりん》」とは、七十五年間の、波のように変動した私の人生の年輪を表したものである。

地方で平凡な暮らしをした一庶民の日常と、心の軌跡を詩文に綴ったもので、さまざまな書き方を混在させている。自己流のささやかな作品集であるが、読者諸氏に何らかの感慨を汲み取っていただければ、著者の喜びである。

目次

三章　自立した孤影と青い波

四章　実りと奮闘の日々

一章　受け継がれていく命

帰り道

私がまだ二歳か三歳の時のことである
母は幼い私をリヤカーに乗せ　醤油の行商をして生計を立てていた
実家の農家近くにある醤油会社から仕入れ　近在の村々を回って売っていた
戦争に負け　父も戦死していて
終戦後　舞鶴から新潟に帰って私を育てていた

ある夏の日だと思う
「夕日がきれいだね」と私に話しかけながら
母はリヤカーを引いて田んぼ道を歩いていた
薄暗くなりかけた時　先の方に蹲《うずくま》っている人影があった
薄気味悪いと思ったのか　母は私を促して一緒に歌った

あの子はたあれ　たれでしょね
なんなんなつめの　花の下

お人形さんと　遊んでる
かわいい美代ちゃんじゃ　ないでしょか
〔作詞・細川雄太郎〕

近づくと母の長兄の太一伯父であった
水が盗られないように番をしていたという
ほっとした母の息づかいが今も記憶に残る

夏の断片

何のために在るのでもなく
夕べ　大待宵草は
ひそやかな音に花弁を開き
私の心を和ませてくれる
隔絶された世界に
幾千年の情緒を
観照させてくれる

何のためということはなく
いくつか残る海辺の思い出
幼時　母と歩いた
長い松林　遠い砂丘
めくるめく光の中に風はそよぎ
母は　波とたわむれる

私を見つめていた
透き通った夏の断片
他人《ひと》の気配は　記憶にはない

勇雄叔父の生還

袋津《ふくろづ》に住む勇雄叔父は、十一人兄弟の末っ子として生まれた。大正十一年一月のことである。父親である私の祖父二一郎は、名前を十一郎と名づけた。出生届を早通《はやどおり》村役場に出してくるよう頼まれた長兄の太一伯父は、十一郎ではかわいそうに思って、勇雄として届けた。そのことを伯父は父親に内緒にしていたので、祖父は末っ子を十一郎と呼んで育てていた。

早通村は大正十四年に亀田町と合併した。昭和に入って数年後、勇雄叔父の早通小学校入学の案内が亀田町役場から届いた。これは何だということになって、太一伯父は自分が名前を変えたことを父親に白状した。

勇雄叔父は少年の頃、剣道に打ち込んでいた。新潟の白山様の市までサツキを売りに行く母親のノキ（私の祖母）をリヤカーに乗せて行き、武徳殿で稽古をつけてもらい、帰りにまた母親を乗せて帰るほど熱心だった。そして、各種大会で活躍し、後に三段の段位を得るようになる。

徴兵検査の後、新発田《しばた》の歩兵第十六連隊に入営し、そこでも剣道の修練は続けられた。その後、太平洋戦争で東南アジアに送られ、タイやビルマを転戦した。初めの頃、現地の部隊で朝の体操があり、叔父は指名されて前の壇上で模範の体操をした。

やがて戦況は悪化し、ビルマのインパール作戦に従軍した。食べる物にも事欠く悲惨な体験をしたが、敗戦後、運よく帰国をすることができた。実家に帰省する時、亀田の駅から町の中を通って茅野山《ちのやま》まで帰るのは、恥ずかしくみじめだと思い、一つ手前の荻川《おぎかわ》駅に降りて農道を通って帰った。農作業をしていた父親が見つけて、「十一郎、無事だったか。よく帰った」と叫んで大いに喜んだ。

せいちゃん行方不明

せいちゃんが三歳か四歳の頃のこと
彼の母は　その頃飴工場と言っていた
後にK製菓になる会社で働いていた
小学校の側《そば》にある保育園が終わると
せいちゃんは　一人で歩いて
すぐ近くの高山《たかやま》のスイ伯母の家へ行き
従兄弟や近所の子と遊んだり
その辺をブラブラしたりしていた
伯母はミシンでモンペを縫う内職をやり
大工をしている堅次伯父の収入を補っていた
子どもは男女二人ずつで四人いた

その日　従姉《いとこ》のN子ちゃんが
小学校の帰りにせいちゃんを見つけ

日水《ひみず》の自分の家まで連れて行った
顔見知りなのでついていったが
せいちゃんにはとても遠く　時間がかかった
農家をやっている日水の家では　いろいろと食べさせて歓待したが
疲れているせいちゃんは眠ってしまった

一般家庭には車も電話もなかった時代である
せいちゃんが見当たらないというので　大騒ぎになった
母親とスイ伯母は警察にも通報して
大勢で近くの池の中も竹竿で捜した
暗くなってから　堅次伯父が自転車で日水の家にも知らせに行き
眠っているせいちゃんを見つけた
伯父は自転車の荷台に木箱をくくりつけ
その中にせいちゃんを入れて
暗い野道を町へと帰った
皆で喜び合ったのは言うまでもない

借り小屋

我が家が出来る前　母は三ツ又から路地を少し入った所に家を借りた
やはり戦争で主を亡くしている　母子家庭N家の物置小屋である
水は同じ敷地の家主の井戸水を汲んで　土間に置いた甕に移していた
ある月の明るい夜　土間で水の跳ねる音がする
母は僕を起こしてから　部屋の入り口の戸をそっと開けた
見ると　近くに住んでいる気の弱い若い男であった
母は男の名を呼んで叱り　すごすごと男は出て行った
売り物の醤油だと思い　甕の水を盗んでいたのだ

ある夕　近くにある大きな染め物工場が燃える大火事があった
風に乗って　大粒の火の粉が住まいの近くまで飛んできた
母は急いで僕をリヤカーに乗せ　茅野山の実家に避難した
その後　焼け跡に十軒余の家が建つことになり
僕たち母子もそこに住むことになる

我が家

　私がまだ三歳の時、母は平屋の小さな家を借地に建てた。実家の援助もあったと思うが、懸命に働いて母子二人の家を持った。火事の広い焼け跡の一角に、最初に建った三軒のうちの一軒である。

　三軒は県道から奥に並んでいて、我が家は一番奥に建てられた。隣はYさん夫婦と娘の三人家族で、奥さんのトミ小母さんは、母と幼馴染みの同級生である。県道に面した家はKさん夫婦で、主人はトミ小母さんの弟である。

　まだ水道はなかった。地下水を利用したが、金気《かなけ》があったので濾《こ》さなければならなかった。手押しのポンプで汲み上げた地下水を、棕櫚《しゅろ》・炭・小石・砂の入った大きな樽に入れ、濾過された水が竹筒から出てくる仕組みだ。樽の中のものが古くなって水質が悪くなれば、入れ替える必要があった。近くに、井戸を掘る仕事をする井戸屋があった。

　屋根は木端葺《こばぶき》だった。天井板は何年かの間なくて、裸電球のもとで屋根裏がよく見えた。炊事は、竈《かまど》に鍋や釜をかけ、薪を燃《も》して煮炊きするやり方で、江戸時代と変わらない。それがこの辺ではまだ一般的だった。食事は板の間の台所で、円いちゃぶ台を使っていただいた。

その後、石油コンロが使われたが、ご飯は薪で焚いた方がおいしいと養父と母は言っていた。やがて、ガスが使われるようになっていった。太古より、人は薪による火を使って食事をしてきた。私たちは、人類の歴史における大きな変化を、奇《く》しくも体験することになった。

炊事で使った水は、地面に少しだけ掘った溝に流し、地下に入っていった。字《あざ》が都山《みやこやま》という地名で地下は砂地だった。地下に吸い込まれていく場所は、少しだけ低くなっていて、糸ミミズが棲むようになっていた。茶碗や鍋などを洗うのに洗剤は使わなかった。油分が付いているものは灰を使って洗った。

生ゴミは、外に捨て場を作り、そこに積み上げた。時々、穴を掘った。まだポリ袋や発泡スチロール類は使われてなく、生ゴミは自然に帰っていった。

私が少し大きくなると、塩を買いに行かせられたが、飯盒を持って行って、そこに入れてもらうのだった。

便所は汲み取り式だった。日水の農家で、私の従兄弟にあたるSさんが、肥料として使うためにリヤカーに肥桶を載せてもらいにきた。その礼として、年に一度、年の暮れに臼で搗いた餅を届けてくれた。

洗濯は、主に近くの小川の流れの少し強い所でやっていた。小川の水はきれいだった。家で洗濯板とタライを使って洗うこともあった。

　私は家の鍵を持たされて、自分で玄関の戸を開けて家に入り、母の帰りを待った。帰りが遅く薄暗くなると、縁側の戸の隙間から外を覗きながら母の姿を待った。母は、後にK製菓に発展していく会社で働いていた。一度連れて行ってもらったことがある。母たちは、座って飴を専用の紙で包む仕事をしていて、私に飴を食べさせた。

　火事の焼け跡は広かった。残骸の大きな鉄釜が横たわっていたり、コンクリートの基礎が残っていたりした。コンクリートでできている高い煙突も残っていた。やがて住宅が増えていき、親しみのある町内が形成されていった。

仏壇と豆腐

新しくできた我が家には仏壇があって、父の位牌などが置かれた。仏壇といっても漆塗りの立派な仏壇ではなく、作りつけである。幅が三尺で、白木の板が三段になっていた。仏壇の下は物を置くスペースになっていた。仏壇の横は違い棚で、その右には床の間があった。それらを含めて、家は大工職人である高山の伯父が作った。

家ができると、時々親戚の人が来て仏様にお参りしてくれた。そして、いろいろな話をしていった。最初の頃、一番よく来てくれたのは、茅野山の母方の祖父である。私はオジジと言っていた。オジジは、いつもアンパンかジャムパンを一個、仏壇にお供えしてくれていた。後で、私がお参りをしてからお下がりをいただくのである。

母の姉である日水の伯母は、いつも面白い話をしてくれた。「親に、きれいなぽっくり下駄を買ってやるとか言われて、何も分からないまま十五歳で農家に嫁いだ」と言うような話をよくして笑わせてくれた。しっかりした人で機知にも富んでいて、亀田の婦人会の会長をしていたこともあった。

日水の伯父もお参りに来てくれた。父方の多美雄伯父と忠男伯父は、盆と正月のお参りを欠かさなかった。荻曽根《おぎぞね》のキヨ叔母は家が近いので、時々顔を出した。めったに来ないが、新潟から満州にいた伯父や本町の伯母が来ることもあった。

家の近くでは、従姉のミイ姉さんとよく顔を合わせた。明るくて気立てのよい姉さんである。豆腐屋さんに嫁いでいて、自転車で豆腐を売りに行く途中か帰る時である。私を見つけると、いつも声をかけて豆腐をくれるのだった。母と会う時も豆腐をくれるので、ミイさんから豆腐を買ったことがないようだ。

後年になって、その豆腐が町のスーパーで売られているようになったので、見つけると必ず買った。ミイ姉さんの旦那が作る豆腐は、大きくて質が良いので評判が良く、売り切れていることも多かった。

海防艦六十九号

父の戦死については、昭和二十年三月十六日に南シナ海で戦死したということ以外は何も知らなかった。昭和五十五年二月に、京都府の鶴原さんから手書きでびっしりと文字の書かれた葉書が届いた。住所は父の実家のある横越《よこごし》村木津《きつ》宛になっていたが、なぜか直接私に届いた。亀田郵便局の配達の人が私を知っていて、配慮してくれたのだと思う。

その葉書で、父が鶴原さんと同じ海防艦六十九号に乗り組んでいて戦死したということを初めて知った。鶴原さんはその時まだ十七歳の少年兵であったが、いろいろと調べ始めていて、その時点では五名の生き残りが判明したということであった。また、三月八日に二十六名、三月十六日に三十名が戦死したということも記されていた。

私はお礼の返信を出し、鶴原さんは、その後も私に案内や情報を提供してくれた。艦長が生存していることが分かり、会う予定であることも知らせてくれた。

そして同年十一月に、同じく海防艦六十九号に乗船していた、北蒲原《きたかんばら》郡加治川村（現新発田市）出身の大川原さんから手紙をいただいた。鶴原さんからの情報によるものだった。鶴原さんと同じ昭和三年生まれで、その時は東洋レーヨンに勤めていて名古屋の社宅に住んでいるという。鶴原さんとは十月に文通が始まったばかりだと書かれていた。

翌年一月、実家に帰省した大川原さんが我が家を訪ねてくれた。仏壇にお参りしてから、父の遺影を見上げて、顔に見覚えがありますと言った。私は木津の伯父にも同席してもらい、御膳も用意していたのだが、大川原さんはほとんど手をつけないで、熱心に話をしてくれた。

日本に向かう途中の海防艦六十九号は、三月八日に海南島沖でアメリカ軍の爆撃を受け、死者・負傷者が出ただけでなく、中央部の機関室を爆破されたため航行不能になったという。必死に応急修理をして沈没を食い止めた。翌日から他の海防艦に曳航されて、修理をするために、ゆっくりと香港に向かう途中に事故が起きた。時化《しけ》で波の高かった三月十六日の早朝、大音響と共に艦体が中央部の破損箇所から真っ二つに折れて沈没し、三十名がそこで行方不明になったという。助けられて香港に上陸した約九十名は、二つの班に分けられて、それぞれ別の船で日本に向かうが、一つの班の乗った船は爆撃を受けて全員が死亡したということであった。以上の話は、艦長であった当時少佐の金原政治さんが前年にまとめた「海防艦六十九號戦記」で補強したものである。

同じ一月に、五泉《ごせん》市のUさんから手紙と案内状が届いた。戦後三十数年が経過して、海防艦六十九号の生存者が二十名余いることが判明したので、最初の戦友会を村上市瀬波温泉の大観荘で三月に開くとのことであった。そして、遺族にもぜひ参加してほしいということであった。

新潟県での会がこの後あるとは思えないので、私は日帰りで参加させてもらった。十数名の出席があったかと思う。京都府の鶴原さんとも初めて会った。この時いただいた生存者名簿では二十二名が確認されていた。四年後に大川原さんから送られてきた「海防艦六十九号友の会名簿」では、確認できた三十八名の生存者と終戦後死亡者五名の名前と住所が載っていた。

瀬波温泉の会で遺族の参加者は私一人で、金原艦長の隣に座らせられた。初めに全員が立って、鎮魂の歌である「海ゆかば」を歌ったが、私は知らないので静かに聴いていた。金原艦長は、最初に爆撃を受けた時、私の父は軽傷で、額を布で縛っていたようだと言った。そして、その時の記録は父が書いたはずだと話してくれた。父は海軍の主計兵曹長であった。准士官である。金原さんは神戸の住人であった。七十代後半の年齢と思われたが、矍鑠《かくしゃく》としていた。自分で薪を割って風呂を焚いているという。

その後の戦友会に、私は参加しなかったけれど、靖国神社での慰霊祭の様子とか、戦友会の様子とか、「海防艦戦記」の案内などの情報を大川原さんや鶴原さんからいただいた。金原さんからも手紙と「海防艦戦記」の資料をいただき、私は申し込んで購入した。

平成十一年に、富山県のMさんから案内が届いた。海防艦六十九号の戦友各位も高齢となり、健康の問題もあるので、最後の追悼式と戦友会を富山で開くという案内である。その案内文では、昭和五十七年に舞鶴で第一回の戦友会を開いたと書かれていた。今までのお礼の意味もあると思い、参加した。私は、最初の準備のための戦友会と、最後の戦友会に参加したことになる。

集合場所である富山県護国神社での追悼式では、予め頼まれていて、私が代表して弔辞を読んだ。この時も遺族は私一人であった。頂いた第六十九号海防艦友の会名簿には三十名の名前と住所が、戦友会遺族者名簿には二十一名の名前と住所が記されていた。

養父《ちち》（正作父さん）

私がまだ四歳の時である
正作父さんが婿に入る形で母の建てた我が家に来てくれた
私は意味が分かっていなかったが
「オムコサンが来る」と近所の人に教えて、はしゃいでいた
母は私にトウチャンと呼ぶように教えた

ある休日の朝、私が竈の薪をいじり、周囲に火が燃え移った
怒られると思ったのか、私はもじもじして黙っていた
気づいた母は大声で父を呼び
父は懸命に衣服でたたいて火を消した
眉を火傷《やけど》した父からは何も叱られなかった

身長の低い父であったが、亀田祭の時、私を肩車して
人込みの中で山車《だし》を見せてくれた

父の自転車の荷台に乗って阿賀野川にかかる横雲橋《おううんばし》を渡り
京ヶ瀬の父の実家へ行ったことがある
帰り土産にもらった蛍の入った籠は、何かの植物の茎で編んであり
自転車の上で蛍は明滅した

六歳になる年に可愛い妹が生まれ、四人家族となった
父は借りていた敷地を買い、やがて、さらに買い足した
その後、屋根に瓦を上げ、家も増築して私と妹の部屋もできた

父は土地改良区に勤め、測量などの仕事をしていた
上の学校を出ていない父は、家で数学の勉強をしていることがあった

当時、半数以上が中卒で就職したが、私は高校に進学させてもらった
高卒で就職だろうと思っていたが
三年の五月になってから、大学に行ってもよいと言われた
私は、授業料などの経費が安い国立大学の進学をめざすことにした
風邪を引いて高熱を出すことがなければ

一番経費のかからない新潟大学に進んだと思うのだが
結果的には、信州大学教育学部に入学した
何もかも珍しい信濃の地、松本と長野で二年ずつ
多くの友人と交わりながら青春の自由を満喫することができた
そして、この経験は私の宝となった
父は毎月、書留郵便で送金してくれて、そのことを知らせる手紙も寄こした

父は生活を楽しむ人であった
休日に同僚を招いて、家で碁を打っていた
その碁を見ていた私が今は碁を打っている
日本画を描いていることもあった
庭に木や花を植え、野菜を作った
コンクリートで小池を作り、緋鮒《ひぶな》を飼った
カナリヤやチャボを飼ったこともある
釣りもやり、フナ釣り大会に出ていた
生活を楽しむ父のスタイルは、なぜか私に引き継がれているようである

三ツ又からの記憶

亀田の人々の間で三ツ又と呼ばれている所がある。その一角に、かつて喜代志屋という料亭があったことを知る人は少なくなった。広い屋敷で、板塀のある庭もあった。私の家からは近かった。私がまだ二、三歳の頃、魚の配給を受けるために、人々が喜代志屋の前に並んでいたのをうっすらと覚えている。

三ツ又の中心には、かつて亀田タクシーという個人経営の会社があり、角に赤い郵便ポストがあった。亀田祭の時に、そこで大勢の人と一緒に、浴衣姿の私が立って写っている写真が残されている。二歳くらいと思われる写真で、それが私の一番古い写真である。

敗戦後の混乱の中で、母に写真を残す余裕などあろうはずがなかった。幼い頃の写真を持たないことを、私は恥ずかしく思っていたが、そのことを口にしたことは一度もない。

むかし繁盛していたという喜代志屋は、戦後しばらくして料亭をやめた。料亭をやめた後、喜代志屋は広い家を利用して下宿屋を始めた。喜代志屋の看板は、下宿屋として引き継がれていったのである。

京ケ瀬村出身の正作父さんは、我が家に婿に来る前、喜代志屋に下宿していて、そこから土地改良区に通っていた。そんなことから、喜代志屋の小母さん（もと女将）は、三ツ又を通る私を見つけると声をかけてくれた。

三ツ又商店街にあるY菓子店は今も繁盛している。東京で修業してきた店主の作るパフケーキは、特に人気が高い。私が子どもの時、一人でY菓子店の前を通ると、いつも年老いたお婆ちゃんが私を呼び止めて、小さなお菓子を手に握らせてくれるのだった。そのわけを、私は成人してから知った。菓子屋のお婆ちゃんと私の父親の母は姉妹で、袋津のO家の出であった。木津に嫁に行った私の祖母を私は知らないけれど、祖母の妹であるお婆ちゃんからお菓子をもらっていたのである。

後日、楽器店を営んでいた袋津のOさんと木津の法事で会った時、自宅に泊まった時の私の父について話をしてくれた。海軍の軍人だった父のピシッとした制服姿に、少年のOさんは憧れを抱いていたとのことであった。そして、二日酔いの翌朝には、卵雑炊をおいしそうにいただくのが常で、挨拶をして帰っていく姿も印象的だったと語ってくれた。

私が二十代後半の時、無人の我が家に時々は帰る必要があった。新発田から電車に乗り、亀田駅に降りて三ツ又まで歩いて来ると、A八百屋で買い物をした喜代志屋の小母さんと顔を合わせることがよくあった。すると小母さんは、夕飯を食べて行けと必ず勧めてくれた。遠慮して断るのだが、上手に勧められてご馳走になることも何回かあった。小母さんは、髪をいつもきれいに結っている美しい人で、気立ての良い親切な人だった。

大作小父さんとトミ小母さん

隣のY家の大作小父さんは、穏やかで落ち着いた人柄である。バスの運転手から町役場の仕事に転職したと聞いている。ある日、夕食を食べ終えた大作小父さんが、「ああ、うまかった、うしまけた」と言ったと、母はトミ小母さんから聞いた。母はそのことを私に教え、うちの父さんからそんなことを言ってもらったことがない、と羨ましがっていた。誰もが言えるわけがないと思った。

トミ小母さんは、時々いっぱい作ったからと言って、おかずを持ってきてくれた。母もお返しを作って持って行った。二人は同じ茅野山の幼馴染みであった。私の妹の律子にとって、Y家の一人娘の幸恵さんは姉のような存在で仲良しだった。テレビが入る前までは、夕食後でもお互いの家をよく行き来したものだった。

両親とも他界した後、妹は村上市に、私は新発田市に住んで働いていた。たまに私たちが家に帰ると、トミ小母さんはおかずを持って来てくれたりした。庭の草取りまでしてくれることさえあった。小母さんはK製菓に勤めていて、後輩の若い娘さんが遊びに来ることもあった。また、三味線も習っていた。

社会人になってからの私と小父さんは、年齢の差を越えて友達のような関係になっていった。私をちゃん付けではなく、苗字でさん付けで呼んでくれた。小母さんもそうである。小父さんは盆栽が趣味で、サツキなどの花をきれいに咲かせていた。私は小父さんとさまざまな世間話をしたり、植物のことなどを教えてもらった。

幸恵さんは、同じ職場で知り合った利夫さんを婿に迎えた。二人とも、朗らかでさっぱりとした人柄で、似合いの夫婦である。夫婦は二人の息子を授かった。利夫さんは働き者で、やがて城山に土地を買い、庭つきの家を新築して引っ越していった。それでも、我が家との交流は続いた。親戚同様の付き合いだった。

トミ小母さんは、お盆には必ずお参りに来てくれた。私の長男は、妻の産休の後、高山の伯母に子守をお願いしていたが、堅次伯父が病に倒れたので、トミ小母さんに子守を頼んだ。大作小父さんとトミ小母さんは、新築の家で子守を引き受けてくれた。長男より六歳下の長女も、トミ小母さんに子守をしてもらった。親のいない我々夫婦であったが、おかげで妻は安心して仕事を続けることができた。

堅次伯父

高山の堅次伯父は大工の棟梁になり、職人を雇いながら六人の弟子を育てた教育者でもあった。出身は北蒲原の笹岡で、家は菓子屋をやっていたという。幼い時に父親が出奔し北海道で別所帯を持ったため、母一人に育てられた。亀田の大工の親方の家に弟子入りをして修業し、やがて独り立ちしていった。

堅次伯父が大工職人として一人前になると、彼の母親は笹岡の全財産を処分して、亀田に家を作らせて二人で住んだ。そして茅野山から嫁を迎えた。私の母の姉、スイ伯母である。男女二人ずつの子を持ち、やがては七人の孫を持った。

堅次伯父の怒った顔を私は想像できない。いつもにこやかである。自衛消防団の団員としても長く貢献し、勲章もいただいた。幼い私が行方不明になった時は、自転車で走り回って見つけてくれた。一人になった私の家にも時々顔を出してくれた。郊外に広い土地を求めて作業場を作った伯父は、やがて跡を継いだ長男に仕事を任せて隠居生活に入っていった。その頃、私はスイ伯母に長男の子守をしてもらっていたので、伯父も幼児の長男の相手をして可愛がってくれた。

勇雄叔父の躍進

　終戦後、茅野山にアミノ酸醤油という会社ができていたので、勇雄叔父はそこで働いた。そして、荻曽根で縄工場を経営していたK家の長女のスミイ叔母と結婚した。スミイ叔母は、朗らかな美人で意志の強いがんばりやであった。

　しばらくの間、茅野山の勇雄叔父の実家で親や兄弟、それに甥や姪と同居した。嫁であるスミイ叔母は、太一伯父の娘のミイさんと、どちらが早く起きて、先に炊事の仕事に取り掛かるかを競い合った。そして少しして、父親の二一郎（私の祖父）が買ってくれた袋津の小さな家に引っ越した。土地は借地である。

　私の記憶にはないのだが、スミイ叔母は私の母と一緒に、私をリヤカーに乗せて近隣の村へ醤油の行商に行った。客が来ると、私が覚えたての言葉「クモワタリ」を連発して困ったそうだ。仕入れ値と売値の差額を「蜘蛛渡り」と言っていて、それをいくらにするかを相談しているのを聞いているうちに覚えたらしい。私が二歳の時だと思う。

　やがて、アミノ酸醤油が立ち行かなくなると、叔父は伝《つて》を得て新潟県庁土木課の職員になった。しかし、戦後のインフレの中で給料が安すぎると思い、短期間で辞職した。そして土木作業員の仕事をした。その方が叔父の性分に合っていた。「土方殺すに刃物はいらぬ、雨の三日も降ればよい」という諺というか、言い方があったそうだ。電話のない時代である。叔父は雨が降っても仕事に行った。行けば、今日は中止だと言われても、いくらかのお金はもらえた。

そして、二十七歳で独立して、下請けをする小さな土建業の親方になった。人を雇って仕事をすることの苦労はあったが、持ち前の剛毅で実直な性格と、地道な努力で信用を得ていき、仕事は少しずつ順調に伸びていった。独立する前の年には、長女が生まれていた。出産の時には、私の母親が手伝いに行った。長女は美知子と名づけられた。美知子は親に似て朗らかで活動的な娘に育っていった。働く張り合いが増えた叔父は、その時から独立を考えていた。

袋津の家は借地であったが、敷地が結構広かったので、叔母は小屋を建てて縄を綯《な》う仕事をした。仕事は、実家の縄工場から回してもらった。人を頼んでやっていたこともあったが、だんだんと斜陽になり、叔父の仕事が順調だったので、やがて止めた。

長女が生まれた九年後に次女が生まれ、政子と名づけた。政子は上品でやさしい娘に育っていった。母親に「大きくなってもお嫁に行きたくない。庭の隅に小屋を作ってもらってお父さんお母さんとずっと一緒にいたい」と言って親に甘えていた。父親の勇雄叔父は、次女を授かったことが嬉しくて、バイクの荷台に政子を乗せて、我が家にも連れて来たし、方々を連れ回していた。

仕事は順調な叔父であったが、一度バイクに乗っていて交通事故に遭い、大怪我をしたことがあった。新潟西堀にある長谷川病院に入院したが、肋骨を何本も折っていて、危ないのではないかと噂された。私も母に連れられて見舞いに行った。しかし、生命力のある叔父は無事に生還して、元通りの身体になった。

そして、家の近くに広い土地を買い、二階建ての立派な家を建てた。大工は高山の堅次伯父である。その頃、堅次伯父は息子の堅蔵さんも一人前の大工職人に育っており、職人も雇っていてK建築として知られていた。

勇雄叔父は、借地にあった家を取り壊して、整地した土地を地主に返した。新居には北側に少し高低差をつけた庭を作った。そこには低く抑えられた松が何本も植えられている。新潟の競馬町にあった競馬場を取り壊して整地する仕事をした時に、取り除いた松の一部をもらってきて移植したという。

盆栽も趣味だった。特にサツキは幹が太く姿形のよいものを幾鉢も持っていた。「県外から見に来た人に、一鉢何十万円で売ってくれと言われたが売る気はないと答えた」とも言っていた。縁側の下から庭に続く池を作り、錦鯉を飼った。田中角栄を尊敬していたので、真似をしたのかもしれない。

その後、屋敷地は奥と横に拡がって行った。いずれも、土地の境界を接する土地の持ち主から頼まれて、買い足したものである。その結果、玄関のある旧道側から、裏側の広い道路の新道まで続く三百坪近い屋敷地になった。家から少し離れた所にも、頼まれて買った土地が二百坪ほどあり、資材置き場として利用した。

家の裏側には、住宅とは別に、作業員の集まれる事務所を作った。その横は、トラックの駐車場にした。叔父自身も運転免許を取り、自家用車を運転するようになった。スミイ叔母は、事務所でお茶やお茶菓子を出したりしていた。やがて叔父は、テトラポッドを作る仕事を中心にしていった。

その間、長女の美知子は結婚して大阪に移り住んだ。跡取り娘となった政子は、その後、中学校の同級生の忠博さんをお婿さんとして迎えることができた。勇雄叔父とスミイ叔母は、生まれた男女二人の孫をとても可愛がり、三世代同居の理想家族と言われた。縁側から錦鯉を見ることのできた池は、危ないと思い初孫の生まれる前に埋めた。

私に「五十五歳になったら仕事を止めて後は夫婦でのんびりと温泉だ」と言っていた叔父であったが、実際には六十歳の頃まで仕事をして廃業した。資産は十分に蓄えてあり、事務所を撤去して三部屋にトイレの付いた家を増築して母屋とつなげた。そして、趣味の盆栽作りに精を出した。資材置き場だった場所は畑にして、さまざまな野菜を作った。

戦争で悲惨な体験をした叔父であったが、何とか命をつなぐことができた。そして戦後の混乱を乗り切って次世代に後を託し、悠々自適の老後を送ることができたのだった。

旗津島《ちーじん》

平成が幕を閉じようとする日の夕刻
妻と次男を伴い　台湾・高雄の旗津島に渡った
夕日の名所として知られる景勝地で
フェリーで五分ほどであった
人気のない渚をめざして
長い砂浜を慎重に歩いた
父の眠る南シナ海に臨む岸辺に
大きな花束をそっと置いて
静かに　慰霊の祈りを捧げた
ゆったりと流れる海風が心地よく
夕日に映える雲模様が美しかった
帰路　島の海鮮料理店で食べた
名物の魚料理は圧巻だった
この日は　二万三千余歩を歩いた

二章　学び舎の光に包まれて

シジミ獲り

僕が小学校一年の頃、僕がせがんだわけではないのだが、従兄《いとこ》の高山の堅ちゃんと三人の仲間が、僕をシジミ獲りに連れて行ってくれた。全員が自転車で、僕は五歳年上の堅ちゃんの荷台に乗った。

二本木の、小阿賀野川に架かる鉄橋の土手に着くと、シジミを獲る前に鉄橋を対岸まで探検する計画になっていて、僕も一緒に鉄橋を渡っていった。すると、半分の地点まで行かないうちに、前から蒸気機関車がやって来て警報を鳴らした。

走れとせかされて、中央付近にある待機所まで走り、僕ともう一人の兄《あん》ちゃんがそこに入った。他の兄ちゃんたちは線路の下にぶら下がり、下の川に飛び下りていった。

シジミは小阿賀野川の手前にある新川で獲ったが、川の深いところに潜って獲るので、小さい僕は見ているだけだった。獲ったシジミは一つのバケツにまとめられ、帰ってから山分けにされた。何にも役に立っていない僕にも、お裾分けがあった。

小学校の高学年になって、カッちゃんに教えられて、僕もシジミを獲るようになった。潜らなければならないような危ない川ではなく、日水の田んぼの脇にある、幅の狭い用水路である。水深は子どものヒザ程度である。底は砂地で、手で探ると淡水のシジミが獲れた。大きなものはないが、明るい色をしていた。獲り続けていると腰が痛くなり、時々腰を伸ばす必要があったが、いくらでも獲れて、少しは家計を助けた。

やがて用水路はコンクリート化され、淡水シジミは消えていった。

向山《むかいやま》

小学校一年から三年まで粿《まとう》ムツ先生が担任だった
入学して間もない頃
トイレが間に合わず便をもらした私を
叱りもせず面倒を見てくださった
先生はやさしかった

二年の時　国語の授業で豊君が教科書を読むと
「速く読めたね、自動車みたい」
豊君は褒められた
その後で「読みたい人いるかな」と先生に問いかけられた時
引っ込み思案でおとなしい私が
「ハイ」と　反射的に手を上げていた
そして　豊君よりも速く読んだ
「飛行機みたいだったね」

私も褒めてくれた
先生は褒め上手であった

私の早口はこのことが原因みたいで
成人してからはその矯正に努めた

三年の時　詩を書いて来るよう言われ
「写真」という詩を書いて出した
先生はとても褒めてくれた
私は書くことが好きになった

また　三年のある好天の日
元気のよい何人かの級友が
「向山に行こうよ先生、ねえ行こうよ」
ワイワイと先生にせがんだ
「じゃあ昼食を持って行きましょう」
先生は提案を受け入れてくれた

私は母のいない家に行って
弁当箱にご飯と納豆とタクアンを入れて急いで学校に戻った
先生と私たちは　高く形の好い松が生えていて景色の良い向山に登り
のんびりと楽しい時間を過ごした

その砂丘の山も今はなく　平地の住宅地になっている

ザエ渡り

小学校低学年の頃までは、近所の水田の稲刈りが終わると、深さ四十センチくらいの大きな池ができていた。一つ年上の栄太ちゃんたちと、古い板切れを拾い集めて筏を作り、それに乗って遊んだりした。

冬も寒に入ると、水田の水はしっかり凍るようになり、その上に雪が乗っていたりした。ザエ渡りをしようと栄太ちゃんに誘われ、昭夫ちゃんも誘って水田の上を探検した。白い雪の下は氷なので、普段歩けない所を喜んで歩き回っていると、薄いところがあったのか、氷が割れて身体が落ち、水に濡れてしまった。「はっこいはっこい」と言いながら家に帰った。こんなことが、何シーズンかあった。父の勤めている土地改良区の仕事が進み、やがて水田は乾田に変わっていった。

徳次小父さん

近所の昭夫ちゃんは僕と同学年の友達で、父親の徳次小父さんは染め物屋をやっていた。広い敷地の北側に、二階のある大きな住宅があった。道路に面する西側に板塀があり、表の玄関は木の門を通って入った。南側から東側にかけて縁側の廊下が張り巡らされていて、北東に普段使う裏玄関があった。

徳次小父さんは区長（町内会長）をしていて、町内総会は自宅の畳の広い続き部屋で開いていた。夏休みに、区長の小父さんはバスを借りて、我々子どもたちを角田浜《かくだはま》などへ海水浴に連れて行ってくれた。回覧板などの区長の日常のこまごまとした仕事は、昭夫ちゃんの母親がやっていた。

ある日、僕が一人で昭夫ちゃんの家の柿の木に登って遊んでいたら、大きな幹の分かれに太股を挟まれて降りられなくなってしまった。それを見つけた小父さんは、何も叱らずに僕を降ろしてくれた。

昭夫ちゃんの家の二階から、一階の屋根にかけられた物干し場に出ることができ、そこからK金魚屋の金魚池がよく見えた。昭夫ちゃんの家の風呂にも何度か入れてもらった。我が家には、だいぶ後になってから木の風呂が入った。

昭夫ちゃんの家には、姪だが妹同然の茂子ちゃんがいた。我が家の隣の幸恵ちゃんと仲良しで、二人とも可愛い女の子だった。

染め物業が斜陽になると、徳次小父さんは住宅部分の土地を医院に売り、その隣は娘夫婦に家を建てさせ美容室ができた。残った、まだ広い敷地の角地部分で、ガソリンスタンドを開業し、その裏側を住居にした。小父さんは先見の明のある実業家だった。

建具屋のKさん

私より一歳上の栄太ちゃんは五人家族で、大きな木工場の二階に住み込んでいた。間もなく木工場はなくなり、親父さんは近くに家を建てて、K建具店として独立した。親父さんはよく働く職人さんだが、気難しいところもあった。普段は無口だが、酒が入ると機嫌が良くなり、よくしゃべった。好い声をしていて、祭りでは亀田甚句を歌っていた。町内の衛生支部長として長く活躍し、ゴミの出し方の悪い人を注意した。

小母さんは穏やかな人で、親父さんの仕事を手伝っていた。親孝行の栄太ちゃんは、中学校を卒業すると加茂の建具店で修業した後、父親と一緒に働いた。親父さん同様、祭りなど町内の活動には積極的に参加し、活躍した。

私とは仲が良く、社会人になってからは時々二人で飲んだ。新潟駅前にある、彼の馴染みの居酒屋やバーに連れて行ってもらったこともあった。その頃は景気が良くて、大学を出た私よりも、高校に行かないで働いている栄太ちゃんや昭夫ちゃんの収入の方がはるかに良かった。栄太ちゃんは結婚して男女二人の子どもの親になり、やがて隣の土地を買って新しい家も建てた。私が家を建てた時には、障子戸などの引き戸やトイレのドアなど、サッシ以外の戸は全て栄太ちゃんに作ってもらった。

郵便はがき

料金受取人払郵便

新宿局承認

1409

差出有効期間
2021年6月
30日まで

（切手不要）

1 6 0-8 7 9 1

1 4 1

東京都新宿区新宿1－10－1

（株）文芸社

愛読者カード係 行

ふりがな お名前		明治　大正 昭和　平成　年生	
ふりがな ご住所	□□□-□□□□	性別 男・女	
お電話 番　号	（書籍ご注文の際に必要です）	ご職業	
E-mail			
ご購読雑誌（複数可）		ご購読新聞	新

最近読んでおもしろかった本や今後、とりあげてほしいテーマをお教えください。

ご自分の研究成果や経験、お考え等を出版してみたいというお気持ちはありますか。

ある　　ない　　内容・テーマ（　　　　　　）

現在完成した作品をお持ちですか。

ある　　ない　　ジャンル・原稿量（　　　　　　）

名			
買上 店	都道 府県　　　　市区 郡	書店名	書店
		ご購入日	年　月　日

書をどこでお知りになりましたか?
.書店店頭　2.知人にすすめられて　3.インターネット(サイト名　　　)
.DMハガキ　5.広告、記事を見て(新聞、雑誌名　　　)

の質問に関連して、ご購入の決め手となったのは?
.タイトル　2.著者　3.内容　4.カバーデザイン　5.帯
その他ご自由にお書きください。
(　　　)

書についてのご意見、ご感想をお聞かせください。
内容について

カバー、タイトル、帯について

弊社Webサイトからもご意見、ご感想をお寄せいただけます。

協力ありがとうございました。
お寄せいただいたご意見、ご感想は新聞広告等で匿名にて使わせていただくことがあります。
お客様の個人情報は、小社からの連絡のみに使用します。社外に提供することは一切ありません。

書籍のご注文は、お近くの書店または、ブックサービス(0120-29-9625)、セブンネットショッピング(http://7net.omni7.jp/)にお申し込み下さい。

畳屋の親父さん

我が家は路地の奥にあったが　空き地を挟んだ南側にＩ畳店があった
畳屋の親父さんは働き者だった　弟子の職人も働いていた
汗をかきながら黙々と速い動作で針を持つ手を動かす様は
見ていて気持がよかった
きっぷの良い人でハキハキした話し方をした
決まった時間には仕事を切り上げ　風呂に入り晩酌をするようだった
時々　酒の入った上機嫌の顔で夕食後の我が家に遊びに来た
美人の奥さんとは新津《にいつ》の盆踊りで知り合ったそうだ
娘が二人いて　次女は私の妹と同学年で仲良しだった
長女を嫁に出す気などないのに
　せいちゃん　Ｙ子を嫁にもらってくれ
などとからかって小学生の私を何度も困らせた
なぜか私だけ風呂を熱心に勧められ　一人で風呂をもらいに行ったこともある
時折　四角顔をした畳屋の親父さんの　屈託のない上機嫌な顔と声を思い出す

不二崎医院

我が家の北側には長い板塀が続いていて、裏道から表道の県道まで続く広大な土地が、不二崎医院の屋敷地だった。旧道である裏道に面して医院が建てられていて、立派な石の橋を渡って行くと医院の玄関があった。診察室の南側に小山が築かれていて、大きなサツキがいくつも植えられていた。その間を声を立てて遊び回っては、軍医上がりの大先生に叱られたものだった。

小屋の横にある大きなシラカシの木に登ったりもした。保育園児の僕が夜中に熱を出した時、大先生は往診に来て注射をしてくれた。僕が地面にいた蜂に小便をかけ、局所を刺されて大きく腫れたことがあったが、その時も大先生に注射をしてもらった。大先生の二人の息子も医者で、ケンちゃんやジュンちゃんなどの孫がいた。

広い敷地の一角で、僕たちが相撲を取ったりゴザを敷いてプロレスごっこをしていても、ケンちゃん・ジュンちゃんの母親はニコニコ見ていて、子どもたちの遊びを邪魔したりはしなかった。医院とは別に廊下でつながった大きな住宅があり、我が家から塀越しに台所の電灯や長い回り廊下の一角が見えた。全盛期には、畑になっていた県道側の土地にも新しい医院を建て、大先生の二人の息子が、内科と外科の二つの診察室に分かれて患者を診ていた。入院病棟も敷地内に建てられた。それでも近所の子どもたちの遊ぶ場所はあった。その後の運命と時の流れの中で、かつての景観は大きく変貌したが、その一角はしっかりと子孫が受け継いでいる。そして、地域に貢献している。

お父さんお母さん運動

僕が小学校六年生になった時
父親と母親を家では何と呼んでいるか全校調査がなされた
トト・カカ、トトサ・カカサ
オトト・オカカ、トウサン・カアサン
トウチャン・カアチャン　など
さまざまな呼び名で呼ばれていた
良家の子どもでは　オトウサマ・オカアサマもあった
僕は　トウチャン・オカカと呼んでいた
その調査の後　父親をオトウサン　母親をオカアサンと呼ぶよう指導された
お父さんお母さん運動と言って
毎日　担任の渡辺先生の点検があった
嘘など言えない僕たちはがんばった
最初は恥ずかしいものだから
オカアサンと呼んではでは走って逃げていったものだが

少しずつ慣れていって
オトウサン・オカアサンと自然に言えるようになった
今は　お父さん・お母さんがどこでも普通になっている
私は妻に　お互いを
お父さんお母さんと呼ばない運動を呼びかけているが
なかなかうまくいかない

二郎君

近所に畳屋の家ができる時、まだ小学校低学年だった二郎君が、休日に兄と一緒に左官屋の両親の手伝いをしていた。同級生の僕は、休憩の時間に彼と釘立《くったて》をして遊んだりした。長い釘を交互に地面に打ち付けて刺し、直線を引いて相手を囲むと勝ちという遊びだ。

ある時、一人で小学校のグラウンド脇の道を歩いていた時、プラタナスの木の脇で知らない上級生に呼び止められて、いきなり殴られた。僕は学校まで走って逃げ、運動場（体育館）で見つけた二郎君の兄に言いつけた。そして何となく安心した。

中学一年の時、また二郎君と同級になった。彼はがっちりと逞しい身体つきになっていた。ある時、二郎君がクラスの男子全員に呼びかけて、放課後に走ることになった。全校マラソン大会の練習である。学校から二本木の橋のたもとまで走って往復してくるのだ。走るのは不得手で、短距離走はいつもビリに近い僕だったが、ゆっくりと長い距離を走るのは何とかなるようで、自信がついた。二郎君のおかげである。二郎君は一番速かった。

還暦を何年か過ぎた頃、中学校の同期会があり、二郎君と約五十年ぶりに再会した。外国航路の船乗りになって、世界の海を股にかけていたという。

町内対抗歌合戦

六歳年下の律子が小学校三年の夏
亀田盆踊りの櫓を舞台にした町内対抗歌合戦が企画された
各町内から三人ずつ出て競うのだ
我が町内では二人の男性の他に妹の律子が選ばれていた

西隣りのYさんは張りのある声で民謡の「新津松坂」を歌った
二十代のAさんは神戸《かんべ》一郎の「銀座九丁目水の上」をムードを出して歌った
全参加者の中で最年少の律子は
「かもめの水兵さん」を物怖じもせず可愛らしく歌い上げた
そして　何と我が町内が一位になった
律子はいろいろな賞品をいただいてきた

翌日　私は中学校で級友のI君に妹の活躍を自慢げに教えた
彼は私を「かもめの水兵さん」と言ってからかっては面白がった

ポンタ先生

中井正幸先生は熱血漢である
生徒を叱る時は大きな声で　しっかりと真剣に叱る
我々が中学に入学する前から　ポンタというあだ名がついていた
「アンポンタン」という口癖からきているそうだ
S県出身で　東京外語大学でモンゴル語を専攻したという
少しずつ毎日努力することを常に説き　我々に熱心に英語を教えてくれた
授業中の挿話も面白かった

三年になったら中井先生が担任だった
中井先生は私にN高校への進学を勧め　一貫して太鼓判を捺し督励してくれた
その頃　亀田から高校に進学する者は全体の半数に満たなかった
級友のK君は先生の口調の物真似が得意で　よくやっては面白がっていた
　君かー　またやったんかー　このアンポンタン
しかし　我々の中学時代に　先生のアンポンタンを聞いた生徒はいないようだ

私は大学進学のいきさつと結果を亀田を発つ前に葉書で簡単に報告した
中井先生からの返信葉書には
信州教育や島崎藤村などに触れながら激励の言葉があふれていた
七クラス三百数十名の同期の中で
高校卒業後の進路を教えてくれたのは君一人だとも書いて称えてくれた
私を褒め　励ましてくれた恩師を
私はポンタと呼び捨てにはできない

兄《あん》ちゃん

ある秋晴れの休日
妻の一族と数人で出湯《でゆ》の登山口から五頭山《ごずさん》に登った
烏帽子岩で一休みして
やがて五の峰の頂上近くまで来た時
　せいじ
問いかけるような声が後ろから聞こえた
振り返ると「あんちゃん」だった

中学校で社会科を教わった先生で　田村祥司が本名であるが
生徒の間では　親しみを込めた
「あんちゃん」というあだ名で呼ばれていた
ぶっきらぼうな話し方で
黒板の字は上手とは言えないが
分かりやすく味のある授業で好きだった

野球部の顧問をやっていたが
社会人として地域の山岳会にも入っていて
冬に遭難救助に行ったこともあった

地域の俳句の会でも活動していて
私の従兄で　日水で代々の農家をしている新太郎さんと句会で一緒だったと
中学生の時に先生から聞いていた
その後　先生は亀田郷の中心的な俳句指導者になっていった
二十代半ば過ぎの先生が　学年集会で
會津八一《あいづやいち》について講話したこともあった
私が国語ではなく社会科の教師を選んだのも
飄々とした生き方を感じさせる「あんちゃん」の影響が大きい

私が高校の教師になってから　居酒屋で偶然に会った中学の同級生と
酒の勢いで先生の家に押しかけたり
バスの中で偶然に出会ったことはあったが
山の中で会うとは奇遇であった

五の峰山頂に着いたところで
私は持参した缶ビールを先生に勧め　一緒に飲みながらいろいろな話をした
その日　先生は勤務中学校の文化祭だったが抜けて来て　また学校に戻ると言う
　五頭はいい山だ
岳人の「あんちゃん」は何度も言った
澄んだ秋の空気の中で　眼下に蒲原平野を望みながら
一幅の絵のような時を過ごした

亀田排水路公園に
田村先生（俳号は山火）と奥様の夫婦句碑がある
　登山靴油濃くぬり　年惜しむ　　山火
　蝶白く　輝き遊ぶ　花野かな　　紅子
碁友で俳人の小嶋紅円さんが　田村夫妻から
俳句の指導を受けていることを　後に知った

高校一年生

その年　女子一人を含む九人が　亀中からN高校に進学したが
僕のクラスは僕一人だった
八クラスの中で唯一の男子クラスで
初めて担任を持つ滝沢強一先生は若く　張り切っていた
朝のショートホームルームの時間に一人ずつ生徒に話をさせたり
日曜日にクラス卓球会をやったりした
何と卓球会の後に　僕たちが知らなかったコンパも企画してくれた
女子のいない僕たちを励ましたいそうだ

会場は旅館の部屋で　男たちだけでジュースを飲み　歌を歌ったりした
美ち奴の「ああそれなのに」を面白い英語でも歌った級友もいて感心した
先生も平尾昌晃の「ミヨちゃん」を歌い　みんなで楽しくはしゃいだ
中学校では　流行歌を学校で歌うなという方針で取り締まられていたので
僕はすっかり嬉しくなった

その後　僕たちは先生の実際の純愛を噂話から知るようになった

入学して少し経った昼食時　数人の上級生が教室に入って来て
「明日から昼休みは応援歌の練習だ　昼食は十分休みに食べておけ」と命令してきた
翌日から　いくつもの応援歌を歌わされ
「声が小さいぞ、大きい声を出せ」と怒鳴られたり
尻をたたかれて動作を直させられたりした
運動会は一年から三年までの八つの学級連合が組まれて
応援の桟敷も自分たちで作った
劇を入れた応援合戦もあって盛り上がった

入学して間もない頃　名簿が一つ前の伊藤君が
「今井はどこの中学から来たんだい」と親しみを込めて問いかけてきた
「亀田だよ」と答えると
「亀田か、ザイゴ（在郷）から来てんだな」
と何の悪気もなく　僕の劣等感に触れてきた
彼は名門の付属中学で多数派だった

ある時　僕は「伊藤の生まれはどこなの」と聞いた
「新潟だよ」と答えた彼は「今井はどこなんだ」と問い返してきた
「実は俺　京都で生まれたんだ　いろいろと事情があってさ」と答えると
「京都生まれか、道理で何か違うと思った」と単純に誤解して感心してくれた
京都府舞鶴市の府以下を省略したのだからウソというわけではないのだが
騙したようで心に引っ掛かっている
「ごめんね伊藤君、種明かしをしないままで」

バドミントン

大学入学後、寮友で新潟出身の成田君につられて、生まれて初めて運動部に入った
バドミントン部である
活動日が週二回というのがよかった
一年生は男子が五人、女子が二人だった
女子は眞理子さんと喜代子さんで、長岡と直江津の出身だった
上手ではない私を含め、全員が学部対抗の試合に出ることができた
時々コンパがある楽しいクラブだった
夏休みと春休みには合宿もあった
大学内にある日本家屋に寝泊まりして、食事は全員の当番で作った
酒を飲みながら大いに語り合った
最初の合宿で二年のNさんたちが教育について白熱の議論をするのには驚いた
黙って聞いていると、今ちゃんも意見を言えというのだ
上級生が威張ることはなく、ほぼ対等の仲のよいクラブだった
同学年の山口君とは一番親しくなった

彼は松本郊外の農村から通っていた
飲み会があると寮に泊めてくれと言うので私の部屋に泊め、同じ蒲団で寝た
長野に行ってもよく会っては、さまざまな話をしたものだった
お互いの結婚式にも呼び合った
長野ではバドのクラブに入らなかったが
時々、松本時代のクラブ仲間でコンパをした
松本は長野と共に私の青春の故郷である

貧しき夜　紅玉《こうぎょく》食へば　信濃なる
　彼の街彼の人　ふとせまりくる

白馬岳

学友で同期の大塚君は、信濃の人で大町在の出身である。大らかでどっしりとした落ち着きがあった。

大学二年の七月に、彼は私を白馬岳に案内したいと言った。千メートル未満の里山しか登ったことがなかったので、三千メートル近い山に多少の不安はあったが、好奇心の方が勝りお願いした。

麓の宿で一泊し、翌日に登り始めると、初めての本格的な登山に気分が昂揚してきた。しかし、体力的には大塚君に何とかついていくという感じだった。大雪渓に着くと、彼は用意してきた二つのアイゼンを取り出して、装着の仕方を教えてくれた。

夏でも冷気の強い大雪渓には、多くの登山者が登っていて時々石が落ちてくるので、そこを登り終えた時はほっとした。白馬山荘に着いた時には相当に疲れていたが、自信にもなった。

翌朝、山頂に登り絶景を眺めることができ、生きている喜びを感じた。帰路、稜線を歩いているうちに雲行きが怪しくなり、ガスがかかってきた。道がよく見えなくて間違えたようで、分かる所まで戻った。風も出て雨が下から吹き上げてくるようになったので、岩陰に身を隠してしのぐことにした。

その時に、近くの岩場に霧の中の雷鳥を見ることができた。やがて雨も止み、道も見えるようになり、歩いているうちに風もなくなって、穏やかな山になった。ただアップダウンを繰り返す山道の距離は相当なもので、大塚君の体力があるのには全く敬服した。

三年になり長野の本校に移った翌年、私はグループで、乗鞍高原にある大学の運営する山小屋に宿泊して乗鞍岳に登った。乗鞍岳もすばらしい山で楽しい思い出もいろいろとあるのだが、大塚君と二人で登った白馬岳での思い出が格段に強い印象として記憶に残っている。

水原郷病院

父の呼び出しを受けて帰省し　一週間ほど病室で一緒に過ごした
胃がんという病名を告げずに　入院させるのは大変だったという
母はすっかり痩せてベッドに臥せていた
痛み止めの薬で　ほとんどは眠っていた
何か食べたいものはないかと聞き　トマトを少し食べさせた
時折　息抜きにテレビのある談話室に行くと
舟木一夫の甘い恋の歌がかかっていた
母は私と二人で手をつないで旅立った
あふれ出る涙はどうしようもなかった

時代の波に翻弄され　苦労を重ねながらぜいたくはせず
私をきちんと育ててくれた　妹を育ててくれた
真面目に　そして立派に生きた母だった

大学の恩師

信州大学教育学部（二類・社会科）に入学した私は松本分校の所属となった。木造二階建ての校舎が幾棟かある、こぢんまりとした大学であるが、グラウンドや広い校庭に樹木が多く、雰囲気はよかった。付属の中学校と小学校が並んでいた。冬の暖房が薪のストーブであったのも思い出深い。高校の時はスチーム暖房だった。

一年の時に一番刺激を受けた先生は、地理学の千葉徳爾教授である。最初の授業で受講生全員に出身地域の説明を入れた自己紹介をさせ、その全ての地域にコメントを付け加えられた。そして五月に、校庭にいた私を見つけて、「今井君、君の出身中学が火事になったことが新聞に出ていたね」と話しかけて来られた。興味の範囲が広く、地理学の他に民俗学や日本史の論文も書いておられ、論文の別刷りをいくつかいただいた。授業も学校の外に出たり、学生に発表させるなどさまざまな形態をとった。冬休みの一月に伊豆の下田を中心にした現地演習があり、私も参加した。先生はタフで、夜も十一時近くまで授業があった。後に、先生は『狩猟伝承研究』で柳田國男賞を受賞している。

日本史の有賀義人先生の授業では、一つのテーマを多方面から追求する手法を学んだ。先生は、松本を中心とする自由民権運動の研究などをやっておられた。社会科の学生が計画するコンパに必ず出席してくれた。友人に恋愛の相談をされて困り、有賀先生の所に連れて行ったこともある。先生は卒業生と「社会科懇談会」という会を作り、同名の雑誌を毎年発行して、論文発表の場を提供していた。先輩たちと一緒にお宅にお邪魔したこともある。卒業後に一度、泊めていただいたこともある。

二年の時に、経済学を教わった板倉勝高先生は名門の出であるが、快活で気さくな先生だった。新潟地震の時には、帰省するよう私を促して千円くださった。また、山形村の蕎麦と雀の焼き鳥を食べさせる農家で、一泊の飲み会を企画してくれたこともあった。

後に、先生は地場産業の研究で有名になり、東北大学の地理学の教授になられる。板倉先生の講演会で十数年ぶりに再会し、その後に私が計画して越後湯沢で板倉先生を囲む会をやった。参加者は先生を入れて五人である。

長野での二年間は、鈴木壽教授の日本史研究室に所属した。鈴木先生は、旗本知行地の研究で知られている先生だった。戸倉温泉に宿泊して、古文書のある旧家に通って行う現地演習もあった。古文書を独習する冊子を紹介していただいて、勉学に励んだ日々は貴重な思い出である。学友数人と先生のお宅を訪問したことがある。先生は奥様を「空気のような存在で、それが一番いい」とおっしゃっていた。鈴木先生の指導の下で、信州高井郡小布施町を中心としてという副題をつけた「近世在郷町の史的研究」という、実証的な卒業論文を書くことができた。

三章　自立した孤影と青い波

就職

大学を卒業する年の二月の初めに、新潟県の某高校長からの手紙が届いた。教員採用試験の成績が優秀なので採用したいということだった。私は、お願いする旨の返信を手紙で送った。長野県の中学校と高校の採用試験も受けていたので、そちらは申し込みを取り下げた。

ところが、二月下旬に採用先の校長から、退職の予定であったが退職を取り下げた教員が他校から回されてくることになり、採用できなくなったとの手紙が届いた。当時は教員に定年制がなく、六十歳での退職は慣例であることを後で知った。校長の手紙には「貴方のことは県教委によく頼んである」と書いてあったので、私は卒業してからも新潟に帰らないで、長野のあけぼの寮で連絡を待った。しかし、三月末になっても連絡はなかった。

長野を引き揚げて家に帰った私は、証拠の手紙二通を持って新潟県教育委員会に問い合わせに行った。人事担当のY課長は、「校長が県教委に連絡なしに進めたことで、こちらも困っている。もう少し待っていてくれれば何とかなるかもしれない」といった趣旨の答え方をした。

T県出身で体育科の友人は、やはり新潟県高校教員の採用試験を受けていて、私と同じように高校長からの手紙が来て、すでに赴任していた。私はこれ以上待つ気にはなれなかった。もう十分待ったし、当てのない話に身をゆだねるわけにはいかないと思った。大学の事務と教授に手紙を書いて事情を伝え、就職先を探してくれるように依頼した。一週間ほどして、愛知県と千葉県それぞれの地区教育委員会から、採用したい旨の葉書が同時に届いた。小学校教諭の免許を取らなかったので、中学校だと思う。

返事をするまでの猶予が少しあったので、どちらに行くかを二日ばかり考えることにした。すると、新潟県教委から明日来るようにとの電報が届いた。翌日、Y課長の所に行くと、佐渡のR高校のY校長が来ているので面接を受けるように言われ、良かったですねと労《ねぎら》われた。

Y校長の面接は廊下で受けた。面接といっても形式的なもので、社会科の教師が辞めることになったので、明日赴任してくれということだった。あまりにせわしい話ではあったが、私は喜んだ。愛知県と千葉県の地区教育委員会には断りの葉書を出して、佐渡に赴任する準備をした。四月中旬のことである。

採用の日を四月一日にしていただけたのはありがたかった。五日ほど勤務して四月分の給料をいただいた。本俸は二万四千八百円、手取りは二万円に満たなかったが、勤めることができてほっとした。未来が明るく思えてきた。

高橋信一画伯

　佐渡を版画王国にしたことで知られる高橋画伯は、美術だけでなく体育の教師でもあった。豪放磊落のようであるが世話好きでもある。新米教師の私を車に乗せて、真野御陵《まのごりょう》や新穂《にいぼ》のトキ保護センターに案内してくれた。

　画伯に頼まれて、陸上競技大会の運営を手伝いに行ったことがある。佐和田町の競技場で、言われるがままにスタートの号砲を鳴らしたりしたが、貴重な経験をさせてもらった。人を褒めるのが上手で、私にも絵をやると良いと勧めてくれたがお断りした。絵の才能があるとは思えないし、日々の教材研究でその余裕もなかった。

　一年目の私の下宿は、係の先生が決めておいてくれて助かった。商店街にある自転車屋さんの二階である。嫁さんと婆さんはコンニャク作りをやっていて働き者だった。可愛い小学生の一人娘がいた。家の人は親切で食事にも不満はなかった。ただ、部屋の窓を開けると、小さな中庭の向こうに爺さんの部屋の窓があるのが気詰まりだった。私はここで自転車を買い、それに乗って通勤した。

　下宿についての私の不満を聞いていた高橋画伯が、別の下宿を世話してくれたので、二年目からそちらに移った。自動車整備工場を経営している家の二階である。窓を開けると加茂湖の葦が見えた。私は大満足だった。大家族の家であるが、ここでも家の人に親切に世話してもらい、二年間を過ごした。長野から二人の友達が来た時には、泊まらせて食事も出してくれた。

二年目に入って、時々画伯の宿直を代わりに引き受けた。私の収入が増えるからいいだろうと言われたが、内心は嫌だった。暗い校舎を懐中電灯で見回らなければならなかったし、教材研究もやりづらかった。画伯は自宅で、地域の青年たちとの絵の研究会も持っていて、忙しいようだった。

私が本土に異動することになって、送別会が行われる日の前の晩、画伯が下宿の部屋を訪ねてきた。送別会の幹事なので、私を紹介するネタを探りに来たと言う。そして、趣味のギターのことをメモし、カセットレコーダーを見てこれは何だと聞いてきた。私は倍賞千恵子の歌声を流して聞かせた。画伯はカセットレコーダーをまだ知らなかった。翌日、そんな私の部屋の様子も交えて送別の辞を述べてくれた。

高橋画伯からいただいたトキの版画を、私は大切に飾っている。

離島

父が亡くなり一家の主となった私は
未成年の妹の保護者でもあり
本土に戻ることになった
佐渡での勤務は三年で終わった

島を去る日　両津港に着くと
クラスの生徒とT教頭ら数人の職員が　私の見送りに集まっていた
T教頭の音頭による万歳三唱を受け　おけさ丸に乗り移った私は
色とりどりの紙テープを握らされた
少し前に父親を亡くしているH君の姿が見えないのが気になった
賑やかな声で私は見送られ　汽笛の音とともに船は出港した

両津港を守る長い突堤の先に近づくと
学生服姿の男子が見えてきた

H君であった
突堤を走りながら大きく手を振り
大きな声で何度も私の名を呼んでくれた
私も大きく返した
みるみるうちに彼の姿は小さくなり
やがて　両津湾も視界から消えていった

　離れゆく　佐渡の島影　霞みゆく
　　瞼閉づれど　思ひあふるる

芳美伯父とキヨ伯母

父の長兄である芳美伯父は、清廉の士という感じの風格を持っていた。横越村の木津に住み、いつも堂々としていた。親の代に分家した農家の二代目として農業に従事しながら、園芸と文芸を趣味とした。短歌を詠んだり、詩を作ったりしていて、短歌は『くろ土』という同人雑誌に発表していた。また、書道も好きで、自分で作った詩歌や好きな言葉を和紙に書いていた。次の短歌と詩は、明治三十四年生まれの伯父が晩年に作ったものである。

東風《こち》吹いて　雪消え初《そ》めし　菜園に
　又新しき　土の香のする

老人の　無上の幸は　庭掃除
　子ども守りして　草花水やり

起きるにも　喰べる事にも　寝ることも
　先だつものは　感謝あるのみ

花心にならう
心楽しく　庭木と倶《とも》に
吾楽しければ　花又楽し
吾快ければ　木々皆快し
唇に歌有れば　花も合唱
花は咲く　人の心で清く咲く

一人娘の婿さんの代になってから、古い家を壊して新築した。その新築祝いの席には、親戚の他に木津の集落の人たちもいた。その中の誰かが、酒で座が和やかになった頃、みんなに色紙を配った。そして筆が回されてきた。周りを見ると即興で短歌を書いていた。私も下手ではあるが、めでたい歌を書いた。書かれた色紙は長押《なげし》に飾られた。

娘婿の芳郎さんは勤め人だったので、伯父は田んぼを人に頼んで、畑を少しと広い庭を楽しむようにした。また、自宅脇の広い土地を木津集落の集会場の土地として提供した。伯父の葬儀の時、御斎《おとき》は新築の集会場で行われた。

正作父さんの葬儀の時、芳美伯父は段取りから全て教えてくれた。お寺に渡す包みも、どういう表書きを書いて、それぞれいくら包めばいいのかを指示してくれた。いただいた香典の中から、社会福祉協議会に寄付した方が良いということも教えてくれた。初七日のお経が終わり、御斎が始まると、伯父は突然、この家の跡継ぎを決めておく必要があると全親戚の前で提案した。すると寺の住職が、自分は発言する立場ではないがと前置きを入れてから、この家の仏様と一番関係の深い方が望ましいと思いますと発言された。そして伯父は、私の名前を出して異論は出ず、私が家を相続することになった。

さらに伯父は預金の分け方も提案して異論なく決めた。そのような話が出ることを、私は全く知らされていなかったし考えてもいなかった。恐らく、事前に茅野山のキヨ伯母やお寺の住職と打ち合わせていたのだと思った。正作父さんの再婚相手である義母の父親や兄弟たちは、その時は何も発言しなかった。そして翌日、伯父は相続放棄の書類を持ってきて義母に印を押してもらい、家と土地は、私と未成年であった妹の共同名義になった。

その前のことであるが、父が交通事故で亡くなったとの連絡を受けて、私は混乱しながら佐渡から帰省した。その翌日に、義母の父親が家に来て、初対面の私に「町役場や登記所に行って調べて来たら、この家は土地と家の所有者が違って複雑なので、一旦どちらも妻の名義に換えて、後でどうするか考えるのが良い。私に任せなさい」と言った。まだ葬儀の前で、二十四歳の私は葬儀のことしか頭になかったので、なんで今そんな話をするのかと驚いた。馬鹿にされているとも思ったが何も言わなかった。突然喪主になってしまった私は、葬儀のことで精一杯だった。

しかし、役場などでのその動きは、茅野山の母の実家に伝わっていた。そして、キヨ伯母が家に来て、「ここに来て二年ばかりの人に家を取られたらお母さんが泣くよ。町の笑いものにもなるよ」と、私に警戒するよう言い聞かせた。母が家を建てた時に、茅野山も援助をしたと言っていた。その後、増築をしたけれど家は母の名義のままだった。

キヨ伯母はしっかりした人だった。跡取り息子を山の遭難事故で亡くし、夫の太一伯父が中気になり身体が不自由になってからは、家の中核になって嫁のS子さんと孫たちと暮らしていた。S子さんは義父母を立てながら、実質的な家の中心としてがんばり、子どもたちを育て上げた。

キヨ伯母は、言葉がうまく出せなくなった夫を立てて、新年会も今まで通りにやった。私が亀田に戻って一人でいる時も、仏様のお参りに来たと言っていろいろな話をしてくれた。札幌で珍味の卸問屋を経営していた、息子の四郎さんの話をする時が一番楽しそうだった。

佐渡で同僚だった松さんと町さんが我が家に泊まったことがあった。その翌日、まだ二人がいる時にキヨ伯母が仏様参りにきた。いつものように、伯母と私は手をつき合って丁寧に挨拶を交わした。その日は、お参りした後、少しだけ話を交わして伯母は帰っていった。二人の友達は、品のあるお婆さんだねと感心していた。キヨ伯母さんは、親戚の中で、私をさん付けで呼んでくれた最初の人である。

後悔と下宿

紹介された農家の空き家は一晩で降参した
広い家と屋敷を管理する能力はなかった
何とか探してもらった市中の宿は
賄いつきだが三畳の部屋だった
ダンボールの荷物は積んだままだった
分校では、日本史・世界史・政経の他に
無免許の英語も二クラス受け持った
日々の授業準備と雑務に追われていた
自宅の管理や冠婚葬祭もあった
数カ月で別の下宿屋に移った
部屋は広かったが苦手な猫がいた
飲み水は甕の中から柄杓《ひしゃく》で汲んだ
数カ月で、生まれて初めてアパートに住んだ
食事作りも苦手だったが

窓のない共同トイレの臭気が辛かった
ある約束を果たさないまま
その手がかりもなくしていた
物を処理する力のなさは恥じるばかりだ
浅はかな判断をした後悔は消えることがない

翌年　アパートの自炊生活から抜け出そうと
賄いつきの下宿を探すことにした
街を歩いて
二階建てで感じのよい家を見つけては聞き回った
警察に選挙の戸別訪問と怪しまれてわけを話し
世情に詳しい交番の警察官を紹介された
その交番で教えてもらった家を訪問して
下宿人として世話していただけることになった
離れの二階できれいな部屋だった
その家では初めての下宿人である
主人は温厚で奥さんは楽しい人だった

最後の下宿人生活は快適だった

二年後　妹が県立瀬波病院での勤務を終え
新潟の病院で働くことになる
家に一人で住まわせるわけにもいかず
私は亀田から新発田の農村部まで
電車とバスを乗り継いで通うことになった
下宿を引き払う時には
勇雄叔父が自分の会社のトラックで
従業員と二人で荷物を運んでくれた
私の下宿人生活は終わった
ふたたび　我が家は常時人の住む家になった

野アザミと若アユ

五十歳台の分校主任が　週に何回か仕事の一段落した放課後に走っていた
ある日　私も一緒に走ってみることにした
走り方はゆっくりであったが　途中で腹が痛くなり脱落した
情けない思いをした二十五歳の私は　その後　一人で走る訓練をした
走れなくなれば歩き　また走り　K川の川原石で休憩したりした
走れる時間を延ばすことだけを目標にして
二十分やがて三十分以上　休まずに走れるようになった
草叢《くさむら》にアザミの花が咲いていた　ある日
小戸《おど》橋の少し下流を歩きながらK川を眺めていて
堰を上ろうと跳びはねている　数多くの若アユの姿を見た
自然の中で必死に生きている　命の輝きを見た

沈みゆく　夕日に向かい　ひた走る
吾が涙目に　野のアザミ

ドン・ガウチョ

N県S市K川の　東の田舎の話です
地域の人に愛された　小さな高校がありました
木造校舎で二階建て　風光明媚なところです
定時制の分校で　四学年があるのです
生徒数約百四十　授業は昼間やるのです
教師も生徒も全員の　顔と名前が分かります

分校名物数多く　名物教師も数いるが
傑出したるはドン・ガウチョ　これよりドンの物語

少し言い過ぎあるけれど　雨の降る日も風の日も
八軒町より自転車で　エンヤコラヤと通い来る
給料全額渡さねば　ふところ具合は暖かく
バス代ケチるわけでない　よわい五十を過ぎたれど

まだまだ遊び足りないと　それには健康第一と
からだ鍛えるためらしく　それには走るが一番と
昨日板山　今日菅谷と　走り続けるそのうちに
生徒の家もみな覚え　家庭事情も分かります
村びと仕事の手を休め　雨の日走るバカいると
近づくその顔よく見れば　分校主任のドン・ガウチョ

身体鍛えたその夜は　しんみち界隈ぶらついて
赤いグラスを傾ける　時にはダンスも踊ります
黒く豊かな髪の毛で　歳より若く見えまする
そのほか道楽数ありて　競馬、パチンコ、マージャンと
みな一応の心得は　持っておりますドン・ガウチョ

しかしこの頃もっぱらに　ガウチョの心とらえるは
何といってもボーリング　励み続ける練習に
たまったスコア五万枚　グリーンメンバー、ＧＢＣ
ＧＳＳにメジャースと　色んなところに入会し

持つユニフォーム五十枚　はじめ呆れたドウニヤ（妻）も
ついにはドンに引きずられ　自ら投げて面白く
腕はそれほどではないが　今や一流評論家
ガウチョのコーチ務めます　ドウニヤの教えに従えば
難しスペアも取るのです　二人一緒に球投げて
気分爽快ストライク　新道からも遠ざかり
夫婦和合の秘訣とか　ああ　ありがたきボーリング

生徒も時にはボーリング　高い金出し行くけれど
ドンにスコアを冷やかされ　その仕返しに授業中
投げ方せがめば好きな道　罠にかかったドン・ガウチョ
熱弁ふるい講義する　簿記の時間にボーリング

生徒にあだ名つけるのも　ドン・ガウチョの特技です
クレオパトラやソクラテス　偉い生徒もできました
ガマ、ガニ、チャメもカッペナベも　のびのび育てと
道学者ぶらない教師　ドン・ガウチョ

生徒だけではござらない
サルメンカンジャやタメゴロウ　教師のあだ名も数多く
さては娘の婿にまで　ショウユダンゴとあだ名ふる
愉快な教師ドン・ガウチョ　知らぬが仏と言うけれど
実害なくて面白く　ますます励むドン・ガウチョ

熊茶屋通いは石舟斎《せきしゅうさい》　ずばり物言う原の正ちゃん
山の天気のおけさ御前　口角沫とぶアトムライダー
キザが売り物風来子　お洒落が身につくダンディマン
変人教師は数あれど　突出したたるはドン・ガウチョ

その秘密をたずぬれば　彼の食事に一理あり
味噌汁、タクアン、ひたしもの　アユやキノコやお吸い物
そんな食事は似合わない　血のしたたるよなビフテキや
ハンバーグなど動物性　たんぱく質を好みます

むかし海軍飛行機で　空を飛んだるドン・ガウチョ

世代の相違乗り越えて　得意なポーズ歯をかんで
薄口あけてニヤ笑い　生徒の肩をたたきます
その親しみのせいゆえに　怪物的な若さゆえ
いついつまでも語られる　ドン・ガウチョの物語
昭和四十年代後半の　のどかな田舎の話です

風邪の夢

　風邪を引くと不思議なほどよく眠れる。その間、夢も多く見るが内容は思い出せない。目が覚めて夢の内容が思い出せるようになると、回復に向かっているようである。今までで最も重症だったのは、昭和四十七年六月の風邪で、その時は新発田に下宿をしていた。

放浪の脚は淋しく疲れ
一人で　私はいま病んでいる
赤い咽喉を黒い蒸気が吹き上げ
熱っぽい肌に脂汗がにじんでいる
雑然とした匂いの中で五日間
苦しい夢が次から次へと通り過ぎてゆく
臥していてさえ流れる鼻水
ぐらぐらする頭　ぼんやりした思考
ああしかし　うすれゆく意識の中で
ほんのり感じる心地よさは何だ

永劫に連なるわけでなし
身体にしみついた毒素と哀しみを
解いて流せるものでもあるまいに
目覚めの一瞬の手足のけだるさは
二日酔いのせいではない
丸坊主のT君が我が家に現れ
私はアルバムを探していた
こたつには父と妹とM君がいて
そう　確かに父がいて
T君を紹介しようと思っていたのだが……
起きようとすれば激しい咳　胸の痛み
そして　例のごとく注射の痛み
だが　五日間多くの夢を見て
覚めて思い出せたのは今日だ
※その頃は、普通の風邪とインフルエンザの区別も知らなかった。今考えればインフルエンザであろう。

開き直り

不幸というものは　続くことがあるものなのだ
家相などの類いは迷信で　しょせん人間の考えたものだ
悠久の山河とて変貌する
たまさかに　文明人の子として　この世に生まれた私にしても
大自然の中の　小さな一因子として存在し　やがて消えていくのだ
自分の人生がどう動くのか　とことん付き合おうではないか
生を受けた以上
さまざまなことに悩み迷いながら　生きていくことにこそ
大きな価値があるのだ
図太く　ふてぶてしく　生きようではないか

うらぶれた心を
遠い秋空の中に
そっと溶かそうよ

歩こう

ある偶然の重なりや
何ということもない微笑みに
元気づけられたこともあっただろう
失意に落とされたこともあっただろう
風が伝える遠いイメージに乗って
旅立とうとするのは
運命を見たいと思ったからか
凛とした夜明けの舗道
自在に流れる白い粉雪
さあ　気を引き締めて
また歩こうよ

時

遠ざかっていくことが
もの哀しいほどに　愛おしい時もあった
過ぎ去っていくという　時を思うことで
心をなぐさめたこともあった

単調な日常であっても
繰り返す日々の仕事を　一つ一つこなしていく中で
ふと充実を感じる時もあった

そのようにして
人は生きてきたのではないだろうか
先のことは分からないけれど
何とかなるものだよ　T君

メランコリー

何年かに一度ではあるが
愉快に過ごした飲み会の翌日
どうしょうもなく落ち込み
塞ぎこんでいる

飲みすぎて　箍《たが》がはずれたのか
しゃべりすぎていた
それにしても　どうして
言わなくてもいい　あんなことまで
話してしまったのか

浅はかな自分を恥じて
自己嫌悪に陥っている
みじめな自分がいる

メランコリーの気分はしばらく続き
過去の失敗やだらしなかったこと
嫌なこと等も思い出す

もとより聖人君子ではないものの
それなりに
良いことも相当にやってきている
仕事も真面目に打ち込んできた　と
自らをなぐさめながら
それでも　どっこい　生きている

雪の舞

寒気するどい
朝の乾いた舗道に
白煙が流れていた
東から西へ　西から東へ
前へ前へ
うっすらとはかない白煙は
自在に曲線を描いて
軽やかに
そして静かに舞っていた
ひと気のない朝の舗道に

律子よ

律子よ　結婚おめでとう
良い人に巡り合えたね
よかった　本当によかった
幸雄さんは良い人だね
真面目に仕事をしている人だもの
苦労も経験しているようだし
性格も明るく　健康的だし
お前にぴったりだ
十代で父母を亡くしたけれど
准看護学校で学んで資格をとり
県立瀬波病院で働きながら
夜間定時制に通って高校を卒業した
立派だったよ
立派すぎるほど立派だったよ

くじけずによくがんばった
そのことは
兄ちゃんが一番よく知っているよ
新潟の病院に勤めるようになってからも
明るくがんばった
真面目にがんばった
これからは
楽しいことも二人
苦労することも二人
良い家庭を築いておくれ
幸せが待っているよ

四章　実りと奮闘の日々

バス通勤

S市郊外の昼間部定時制分校から
鉄道の町と言われるN市にあるN工業高校に異動になり
自宅から楽に通えるようになった
前年に妹が結婚して一人住まいだが　六月には結婚の予定だ
家のすぐ近くの停留所からバスに乗り　阿賀野川の堤防道路を南下して行き
二十分余で学校前の停留所に着く
生徒は男子ばかりであったが　クラブ活動も活発で活気があった
工業実習で鍛えられているせいか　放課後の清掃もテキパキとやってくれた
昼休みにテニスを楽しむ職員もいて　数年後には　私も仲間に入っていた
昼食弁当の配達もあり　いつの間にか　新しい職場に馴染んでいた

朝ごとの阿賀よ堤に　土筆萌ゆ
二王子を　遥けく偲ぶ　花曇り

大川屋

新潟の本町の下町に大川屋という漬物問屋がかつてあった。屋号は大きな川という意味でつけたという。大川屋の主人は、若い時から一生懸命によく働き、少しずつ順調に業績を伸ばした。盛時には人を雇い、何軒もの長屋を持つ家主にもなった。風流なことを好み、年老いてもダンディーで若々しい服装であった。

奥さんは、私の母の姉、伯母である。若い時から夫を支えて忙しく働いた。何かと苦労もあったと思うが、色白で着物が似合い、笑顔を絶やさない人であった。

長男の茂さんは、銀行員になって家業を継がなかったが、大川屋の屋号を大切に守り、家には大川屋という小さな表札を今も掲げている。やはり風流を好み、風景画を描いている。良い喉を持っていて、カラオケで歌ったりもしている。囲碁も趣味で、新潟駅前の碁会所で私とも時々対局している。

茂さんの奥さんは、亀田の老舗の料亭倉久の出である。その倉久で、母の実家の茅野山系統で従兄弟会をやったことがあり、私は進行役を務めた。元気だった大川屋の伯父・伯母や袋津の叔父・叔母たちも招待して、三十人ほどの出席があった。マイクの前に立って歌う人も出たりして、大いに盛り上がった。

スイ伯母

　高山のスイ伯母には本当に世話になった。しっかりとした人で、若い頃はミシンを使っての内職をがんばっていた。モンペやパンツを縫う仕事である。伯父が大工の棟梁として職人を使って仕事をするようになると、経理を受け持つようになり、月々の賃金は伯母が渡していた。内弟子の面倒も親身になってみていた。

　家の近い我が家とは、お互いよく行き来していた。私が一人になってからは、我が家の掃除をしてくれることもあった。私も時々訪ねては、話の相手をしたり、相談をしたり、昔のことを聞いたりした。

　古い白黒のテレビを捨てて、テレビなしの生活をしていた私に、そんな変わり者では嫁の来てがないと、強引にカラーテレビを買わせた。結婚話に消極的になっていた私に、何度も話を持ってきてくれた。そのおかげで、私は結婚することができた。そして、三人の子の親になることもできた。

　妻が長男を大学病院で出産し、退院して我が家に戻った時には、スイ伯母が手作りのおかずを持って来てくれたりして、何かと面倒を見てくれた。長男の子守もお願いしてやってもらった。母を亡くした私に、その後の母の役割を十二分に果たしていただいた。

結婚

伯母の知人の紹介だった
夜勤帰りで少し眠そうだったが
真面目な看護婦さんらしい清楚さが好印象だった
長いコートに大きな帽子が似合っていた

私と同じで両親を亡くしていた
喫茶店での会話は心地よかった
学生の時に信州を一人旅したとのこと
そして知り合った信州大学の女子学生に
あけぼの寮に泊めてもらったという
私が学生の時は男子だけの寮であったあけぼの寮が
立て替えて女子棟も作ったようだ
私は学生生活の最後の半年
あけぼの寮の寮生として生活していた

私より四歳年下の彼女であるが
何回か会って話をしていると共通する話題が多かった
私は楽しかった
心が明るくなっていた
運命の歯車が
好転していると感じていた

四カ月後に私たちは挙式した
親のいない者同士なので
式と披露宴の案内は二人の名前で出した

舞鶴

私は生地の舞鶴を新婚旅行で初めて訪れた
出雲空港に降り立ってから三日目であろうか
舞鶴公園は明るかった
父母が暮らしていたという海軍の旧官舎の建物が残っていた
誰もいない引き揚げ公園に一匹の白い子犬が遊んでいた
子どもの頃、親戚の人たちは我が家を舞鶴の家《うち》と呼んでいた
その舞鶴の地を妻と歩くことができて
私は幸せを感じていた

ふうわりと　真白き雲を　横に見つ
　頬すり寄せる　新妻の君

母君の　遊び給へる　橋立を
　妻と訪ひけり　その母の日に

飯山《いいやま》新年会

妻の実家はS村の飯山にあり、古く広い家であった。戦前は地主であったというが農地解放で田畑は減少していた。両親はすでに亡くなっていて、長兄のカズオさんが当主であった。彼は農業をやりながら、保護司の仕事も引き受けていた。

妻は六人の兄や姉を持つ末娘であった。兄弟夫婦が集まる新年会に二人で呼ばれていった。酒をそんなに飲みたいとは思わないのだが、皆さんに注がれて、だんだんと酔いが回ってきた。特に隣に座った郵便局勤めのツトムさんは勧め上手である。

酔うと、私は歌を歌いたくなる。歌を歌うと、酒もこなれるようである。だが、自分だけ歌うのは嫌である。周りが盛り上がらないと面白くない。できれば、最初は他人に歌わせたい。その日は、誰も歌ってくれないので、私が最初に歌った。

すると、当主のカズオさんが、めでたい歌である「一月一日」を歌った。ツトムさんに歌を求めたら、詩吟「川中島」を吟じた。見事な声であった。こうなると、しめたものである。妻のすぐ上のアキオさんは「おふくろさん」を歌い、温和なヒロシさんは「宗右衛門町ブルース」を歌った。私が一番多く歌ったのはもちろんである。飯山の新年会で歌が出たのは初めてだという。

赤ちゃん賛歌

ミチタカちゃんは可愛いな
どうしてこんなに可愛いのかな
くりくりお目目　笑顔のお目目
泣き虫お目目　お眠りお目目
ミチタカちゃんの　お目目が可愛いな

ミチタカちゃんは可愛いな
どうしてこんなに可愛いのかな
ちっちゃなお口　笑ったお口
あくびのお口　お眠りお口
ミチタカちゃんの　お口が可愛いな

ミチタカちゃんは可愛いな
どうしてこんなに可愛いのかな

開いたお手手　もみじのお手手
結んだお手手　いたずらお手手
ミチタカちゃんの　お手手が可愛いな

ミチタカちゃんの　ほっぺも可愛いな
ミチタカちゃんの　あんよも可愛いな
ミチタカちゃんは　みんな可愛いな

※それぞれの赤ちゃんの名前に替えて歌います

赤ちゃん賛歌

赤ちゃん賛歌
作詞・今井せいじ
作曲・今井せいじ
採譜・金子美智子
(1〜3) みちたが ちゃんは かわいいな
どーして こんなに かわいいのかな
くりくり おめめ えがおの― おめめ
なきむし おめめ おねむりー おめめ
みちたが ちゃんの おめめが かわいいな
Coda
みちたか ちゃんの ほっぺも かわいいな
あんよも かわいいな
みーんな かわいいな

踏切

一人息子を保育園に送る朝のこと
車が踏切に入りかけた瞬間
列車の接近を告げる警報が鳴り始めた
あわててアクセルを踏んだせいか
車はエンストして中央で立ち往生
前後のバーが下りて挟まれてしまった

列車が右方から近づいてくる
私は　急いで息子を車から降ろして
そこにいた男子中学生に託し
上着を脱いで　列車に懸命に振った
危なくなったら跳んで逃げるつもりだ
様子を見ていた数人の男性たちが

「とまるぞ、今だ」と言って
バーを上げて　車を押し出してくれた
列車は止まるか止まらないかで通り過ぎて行った

ありがとう　ありがとう
困っていた私を助けてくれた人たち
本当にありがとう

腕相撲

私が三十代の時の話である。放課後になると社会科教室の掃除監督をした。私は生徒との触れ合いの時間だと思っていた。授業と違う会話ができて、顔も覚えられた。男子だけの学校であったが、生徒はてきぱきと掃除をしてくれた。

ある日、社会科教室の掃除が終わり、整列し、挨拶を交わした後、思いつきで、一番体格の良い生徒に腕相撲をやろうと持ちかけた。面白がって生徒も応じた。私より背は高いし頑健な体格なので、私が勝つとは思っていなかった。ところが、何と私が勝ってしまった。

他の生徒も挑戦してきたが、誰も私に勝てなかった。私はすっかり嬉しくなった。細身の私であったが、生徒の間では強いという風評が広がった。

その後、従兄のAさんに頼まれて、彼の知人の息子に個人的な生活指導をすることになった。新潟市内のある名門高校の生徒なのだが、暴力問題を起こして謹慎中だという。学校の担任の先生は年配で子どもと相性も悪いので、若い私に話をしてほしいということだった。私は彼の話をじっくり聞いてみた。そして、高校二年生にもなって幼稚な考え方をしているのに内心驚いた。学校の勉強は、喧嘩の弱い人間が自分を守るためにやらなければばならないが、自分はその必要がないと思っていると話すのだ。それが本音で、学校に馴染めていないという。

　私は、説教話をする前に彼と腕相撲をやってみた。私の楽勝である。彼は悔しがって、喧嘩は腕力だけではないといったが、私は取り合わないで本題に入っていった。人生について、私はいろいろな話をした。そして、彼の考えの偏狭なこと、狭い自分の殻から抜け出さなければならないことを説いた。広い世界を知るためには、学ばなければならないことを教えた。

　ある年の、母の実家の新年会での話である。相当に酔ってしまった私は、勇雄叔父に腕相撲を挑んだ。叔父の若い時の武勇伝は知られていた。剣道が強くて、地区を代表して上の大会に出ていたことも聞いていた。元気のよい土建業の社長である。腕相撲をやってみると私が勝った。

　私より二十三歳も年上で、叔父は年老いていたわけだが、私は喜びの声を上げた。すると、私より八歳上の従兄の昇さんが相手をするという。そして、私は簡単に打ち負かされた。「教員に工員が負けるわけがない」と昇さんは勝ち誇った。彼は新潟鉄工に勤めていた。私は負けてようやく納得することができ、何だか安心した気持ちになった。

回想

瑣末なことにこだわらず
いつも明るく仕事をしたいものだが
勝手にまとわりついてきて
離れない難物もあった
ある日　山で見た
雷雨の後の夕焼けのように
海と空に広がる
柿の実色の充実もあった
ああ　愉快な酒を飲みたい
大いに論じ　気宇壮大になれる酒だ
そして　目覚めの朝　ひっそりと
確かな寂寥感にひたることだろう

授かった宝物

旅先の神社でのこと
熱心に手を合わせている四歳の長男に
何を祈ったのか訊ねると
僕にも弟か妹ができますようにお願いしたという
長男は結婚四年目でようやく生まれた子だ
「お前は一人っ子と言って仕方ないんだよ」
そう教えたが　納得できないようだった
長男の願いが通じたものなのか
その後六歳違いの娘が生まれた
さらに二歳下の次男が生まれた
一人暮らしだった私が五人家族となり
家は手狭になってきた
仕事で忙しい日常であったが
移転新築の計画を着々と進めた

時の年輪

過ぎゆく時を思うことで
心をなぐさめたこともある
遠ざかるということが
もの哀しいほどに愛おしい時もある

何ということはなしに残る
何気ない情景
たとえば
ある時に見つめた半輪の月
凍てついた白い夜道を歩く
老夫婦の後ろ姿と静かな下駄の音

さて　今年はどのような
時の年輪を刻むことだろう

勇雄叔父の報告

二十代の後半から、袋津の勇雄叔父の家でどれだけ夕食をご馳走になったか分からない。叔父か叔母から電話があって出かけるのだが、酒が出て、おいしい叔母の料理もいただいた。私が結婚してからも、何かあると叔父は私と飲みたがって電話をしてきた。男の子がいなかったからだと思う。

叔父の家では、酔って歌も歌った。酔った叔父はにこにこ顔で「連絡船の唄」や「昔の名前で出ています」などを歌った。叔母もいい声をしていて、「だんな様」や好きな春日八郎の歌を歌った。酔った勢いで、私がカラオケの機械があるといいと言ったら、すぐに買って、また電話で呼び出された。今では古くなった大きな機械である。

その日は、北海道から帰ったから来いという電話だった。北海道に出かける前にも呼ばれていて、四郎さんを新潟に帰すために兄の昇さんと説得に行ってくるということを聞いていた。私の従兄の四郎さんは、北海道に渡って商人の道に進んだ。実直な性格で努力家の彼は、珍味問屋の社長になっていた。北海道の女性と結婚して姉弟二人の子どもがいた。その時、姉は高校一年で、弟はまだ小学校六年生だった。立派な住宅の様子を、母親のキヨ伯母から私は見せてもらっていた。

順調だった仕事が、スーパーが普及し始めたことによって陰りが出てきた。それで、将来の不安を抱いて悩んでいるということを、叔父は本人から電話で聞いていたのだった。叔父は開口一番、「四郎が帰ってくることになったぞ」と言って笑顔を見せた。迷っている四郎さんに、北海道育ちの妻の季子さんが、「お父さん、新潟に帰りましょう」と言ってくれたのが良かったと話した。

そして、「四郎は負けて帰って来るわけではない。裸一貫で北海道に行って、家庭を持って、築いた資産を持って帰るのだ」と上機嫌だった。「四郎はどこに出しても通用する商人だ。筋金が入っている」と甥を自慢しては、うまそうに酒を飲んだ。

私が子どもの時、茅野山で四郎さんに「山へ行こう」と誘われてついていったことがある。そこは高さのある山ではなく畑だった。四郎さんはカブを二つ引き抜いて、用水路の水で洗って私に食べさせた。またある時、ビー玉とパッチを、自分は要らなくなったと言って全部私にくれた。その四郎さんが帰ってくると思うと私も嬉しかった。

翌年の年度替わりの前に四郎さんは亀田に帰ってきた。初めは借家だったが、やがて良い家を買った。そして、新潟のH商会に勤務した。叔父の見込み通り、そこで四郎さんは会社の重要な戦力となって活躍した。

野の花

心の自由を求めて
命懸けで壁を乗り越えた人々に
深い感動を覚えた日々よ
ドグマは潰えた
激動と苦難はなおも続く
地球は大きく病んでいる
呻吟の声がそこかしこに聞こえる
それでも　ひそやかに
野の花は咲き誇ることだろう

完全撤退

貧しく小さな家であったが
幼年期には　原っぱに面した縁側から
晴れた日の五頭山を望むことができた
親類の人や近所の人が　ぶらりと訪ねても来た
カナリヤやチャボを飼ったり　外で遊びほうけた　少年期
大木となった無花果《いちじく》の樹上で
遠い懐かしさの混じる静けさを
蝉時雨《せみしぐれ》に感じたりしたものを……

抜け殻と化した旧宅は時とともに違和感を深め
最後の夏の餞《はなむけ》とばかり
咲き乱れるは
大待宵草の
黄色い　花　花　花の群れ

黒鯛

晩秋の月光を浴びて
さざめく波間に
揺れうごく電気ウキ
断ち切れぬ未練や後悔も
点滅しては　浮き沈む
ああ　はるか以前に同じ思いが……
一瞬　想念の光は海中にぼやけゆき
しなる竿に銀鱗の美姿
激動の年にも太古の魚は躍動し
微かな自嘲をゆらめかしていた

仲人

トミ小母さんが我が家に来ての依頼である
婿殿の姪で中学校の先生をしている洋子さんに　いい人を紹介してくれという
世話になったトミ小母さんの頼みである
職場に何人も独身男性がいたが　私は直樹さんに目をつけた
身体はがっちりとして質朴な感じがいい
何よりも仕事と心に安定感がある
教科も違い親しい間柄でもないので　アプローチに気を使ったが
お願いしますと言ってくれた
小母さんの娘の幸恵さんと相談して
一度紹介したら我々の役目は終わりで　報告も不要ということにした
ロイヤルホストでの雰囲気はよかった
洋子さんは穏やかな人柄のようである
私の役割は果たしたと思い安堵した

二人が交際を続けていたことを数カ月後に直樹さんから聞いた
そして私に仲人を頼むという
私は校長がよいと固辞したが　熱心に頼まれ了承した
直樹さんの実家は三条市
洋子さんの実家は長岡市で
双方の家に顔を出す結納も立ち会った
結婚式後の披露宴では皆から喜ばれた
不慣れな仲人ではあったが　双方から感謝され
夫婦で得がたい経験をさせてもらった
私が四十八歳の時である

二人の結婚式で出会った男女が　一緒になったことを後日聞いた

柴犬「タロ」

雨ニモクジケズ　風ニモクジケズ
夏ノ暑サハ未ダ知ラナイケレド
北西ノ風強ク雪ガ降ル越ノ国ノ
冬ノ寒サニモジット耐エ
一日二回ノ食事ハ残サズニ食べ
イタズラ盛リデ　ヤンチャ坊主デ
喜ビヲ身体一杯ニ表シテ走リ廻リ
人懐ッコク　触レ合イヲ好ムモノノ
無口デ　ヤタラ吠エズ　孤独ニモ強イ
ソンナ三カ月ノ子犬「タロ」ガ
昨年　我ガ家ノ一員ニ加ワリマシタ
ドウゾ　ヨロシク
H六　元旦

朝の海で

規則的なのか　不規則的なのか
突如として起こる大波は
ゆったりと烈しい
リストラ　価格破壊　空洞化
厳しく変転する世相とは別に
青春に連なる哀しい話を聞いた
あせり　後悔　もどかしさ
何気ない日常の中に
順調な発達もあった

全てを飲み込めとばかりに
砂浜で　朝靄の海に投げ竿を振る
少年の心で　力を込めて竿を振る
彼方の海にテンビンが落下し

ゆっくりと竿を引く
ブルルと手に感触が伝わり
キスがかかったことを知る
振っては引き　振っては引き
単調な動作を繰り返す
釣果は十分　家での後処理が待っている

文化祭

文化祭には、各クラスが計画する展示などの出し物があった。私の担任しているクラスの生徒は短歌を使うゲームを考えた。女子だけのクラスである。短歌は自分たちが作っているが足りないので、私にも出してほしいと言ってきた。私は喜んで、鮎の歌二首を即興で作って差し出した。

しっかりと　泳いでくれと　念じつつ
　平瀬に送る　オトリ一号

水石に　ハミ跡多き　川に入り
　無心に遊ぶ　香魚の季節

我楽多小屋

年の暮れのバカ陽気に誘われて
裏庭の一隅に始めた小屋作り
思い描いたのは
一坪ほどの小さな掘立小屋
クイや垂木や塩ビ波板等の材料を
何回となく買い足して
時に小学生の子どもに手伝わせ
高校受験の長男の邪魔をして
朝から晩までトテカントテカン
試行錯誤を繰り返しながら
大工の力量を思い知り
三内丸山縄文人の見事さに脱帽し
それでも二十世紀文明人の意地があり
電動鋸や電気ドリルも使い

頑丈に必要以上の釘を打ちつけ
数日かけて作り上げた自己流の小屋
入り口はあるが　戸というものはない

旧世紀人

ＩＴ革命とやらの波に溺れず
春は　土の香りを楽しもう
小鳥と　新芽の憂いを共にしたい
夏は　川の瀬音を聴きながら
水の流れに思いを浮かべよう
秋は　収穫を感謝し　月を眺めて
人生の不思議を観照しよう
太古からの落ち葉の径を踏みしめよう
冬は　雪の音に耳を傾け
友と六合《りくごう》の調和の世界に遊びたい
バーチャル・リアリティーが何だ
ドッグイヤーが何だ
風速四十メートルが何だ

仏壇屋の伯母

正作父さんの姉である伯母は　仏壇屋の女房として夫を支えた
一人息子が亡くなったり　夫が中気で働けなくなっても
気丈にふるまい仏壇屋を続けた
頓知も働き　周りを明るくする　姉御肌の女性だった
私が小さな子どもの時　我が家の何かの祝いの席で
「真室川音頭」を歌って　座を盛り上げてくれた
夫が他界してからも　一人で仏壇屋を続けた
私が釣った常浪川《とこなみがわ》のアユを　とても喜んでくれた
そして　ある日突然この世を去った
前の日まで仕事をして　自宅で倒れているのを朝発見された
いろいろな苦労と哀しみをかかえながらも
見事に一生を終えた女性だった

弟子

職場のある飲み会でのこと
「俺も魚釣りをやる。あんたの弟子になる」
二歳年長の彼は五十六歳くらいであった
小アジやイワシのサビキ釣りを教え
キスやハゼの投げ釣りを教え
アユのコロガシ釣りと友釣りを教えた
釣り船でのイナダの電気釣りも一緒にやった

「キノコ採りを一緒にやろう」
やがて　私は彼の弟子になった
スギヒラタケ、ナメコ、ナラタケ、ヒラタケ
ブナハリタケ、ムキタケ、クリタケなどを
一緒に採り　私は覚えた

昔から食用にされてきたスギヒラタケが
今は毒キノコとされ
私の釣りの一番弟子を公言していた
煙草好きだったキノコの師匠も今はいない

K氏遭難事件

盆過ぎの　ある土曜日に常浪へ　友とのんびり　アユ釣りに
車から　遠く歩いたその釣り場　二人以外に　人影なし
対岸に　楽々渡れる浅い瀬に　時はゆったり　流れてた

昼食後　少しは雨も降ったけど　気にするほどの　ものでなく
空はふたたび　青く澄み　水も清らに　流れてた

釣果もまずまず　心地よく
疲れ感じた　五時頃に　竿をたたんで　川見れば
流れにゴミが　混じってる
「直ちに止めよ」　言うけれど
年上の　対岸にいるわが弟子は　「もう少し」　言い応じない
数分で　水嵩は増し濁り水　轟々と　流れは強く

K氏遭難事件

川幅も　うんと広がり戻れない
対岸の　崖近くまで逃げる友
神奈川の　遭難事件を想起する

邪魔をする　瀬音に負けじと大声で　友に指示して　我走る
ヤブ坂を　一直線に集落へ　助けを求め　我走る

アユの入った　引き舟や　オトリ缶など　諦めた
リュックと中身も　諦めた
ただタモ網と　竿だけは　しっかり持って　ひた走る
『走れメロス』を　思い出し　身体に擦り傷　つけながら
助けを求めに　ひた走る

集落の　青年団の若者と　釣り場に戻って　きたけれど
K氏はどこにも　見当たらず
キリキリわが胃　痛みだす

その後　二人の　レスキュー隊
オレンジ色の　制服で　ロープも持って　駆けつける
皆で彼の名　呼んだとて　返るは激流　瀬音のみ

夕闇も　迫り切ない　その時に　「救助した」との連絡が
警察署から　入ります
あらや嬉しや　これまでに　こんなに嬉しい　ことはない

集落に　皆で戻れば　煌々と　灯りをともした　ハシゴ車が
見えない川を　にらんでる
もう一台　とても立派な救急車　でんと構えて　おりました
それに乗せられ　小生は　事情を聴取　されました

やがて津川の　警察署　疲れた友が　おりました
署では　師である　ゆえなのか　小生こってり　しぼられる
いいさ　いいのさ　無事だもの
こんなに嬉しい　ことはない

新聞の　記事になりたくない友は
竿やタモ網　うち捨てて　必死に崖を　よじ登り
夢中にさまよう　そのうちに　何とか道を　見つけます
やがて軽トラ　ありました
疲労困憊　した友が　あたりに呼べど　返事なく
無断で車　乗った時「泥棒」と　呼ぶ声ありて
どこからか　車の持ち主現れて
送ってもらった　警察署

翌日曜日　二人して　箱入り二本の　清酒持ち
お礼とお詫び　行脚です
その数なんと　五カ所です
いいの　いいのよ　無事だもの
こんなに嬉しい　ことはない

夢の中で

何か危険な動物に遭遇した怖い夢を見ていた
いつものように意識を上に向けると
身体は空中にふわりと浮いた
木々より高く上昇したあと
身体を下向きに横たえて水平飛行に移った
心は軽く　上から見る森の景色は美しかった
赤や黄色の草花の咲いている草原もあった
林を抜けて村を過ぎ　町に出た
工場や商店街や公園があり　人や車の動きは楽しかった
やがて海に出ると　穏やかな光の中に釣り船が見えた
いつもより調子の良さを感じた私は
意識をさらに高めて　上空の白い雲をめざした
綿のような雲にふんわりと身体を横たえていると
様々な想念が　走馬灯のように通り過ぎて行った

五章　自由な日常と役割

一歩前へ

ほら　窓を開けてごらん
広い空が見えるよ
白い雲も見えるよ
きれいな空気も入るのだから
ほら　耳を澄ましてごらん
コオロギの鳴く声が聞こえるかい
夜のしじまに生きている音だよ
時々　遠くに列車の通る音が聞こえるよ
なつかしい音だね
さあ　街を歩いてごらん
いろいろな人が動いているよ
仕事をしている人も
身体が不自由な人も
みんながんばって生きているんだよ

さあ　野山を歩こうよ
いろいろな草花が咲いているよ
名前を知らない木がたくさんあるよ
二本の足で歩けるなんて
素晴らしいことだよ
さあ　元気を出して　勇気を出して
一歩前へ歩きだそうよ

元気を出して

雪が本格的に積もれば　春まで地面は見えなかったものです
やがて　不安定な雪道が溶けて
陽光の下で久しぶりに踏む土の感触は　嬉しいものでした
歩くことそれ自体が楽しくて
道端の小さな草にさえ　笑顔を向けたこともあったのです
波やうねりや時化は社会や人生にもあり　時に不運や不調は続きます
それでも　日常の中に　いくつかの小さな楽しみがありましょう
たとえば　笑って耐えた日の夕焼け雲
気が置けない人との何気ない会話
眠りの前にふと連想するある日の情景
さあ　元気を出して
夢の中では　自由に　空たかく舞いましょう

新潟大停電（二〇〇五・十二・二二）

前夜から強烈な寒風が吹きすさび、八時過ぎ、十時間余りの無電気生活が始まった。私は薄暗く寒い家で、二枚重ねした靴下に釣り用のインナーを穿き、オーバーズボンと二枚のコートを身につけ、さらにマスクもつけ、カーテンを開け、暖かくもない電気ごたつに入って新聞を読み、電池のラジオを聴いた。

電話は通じないが、幸いなことに水道と都市ガスは使えた。念のため、空のペットボトル何本かに水道の水をつめて備え、湯たんぽをこたつに入れた。居間には反射式の石油ストーブを出した。石油は昨冬の余りである。

時々、気になる人のことが思い浮かんだ。暗くなり、蝋燭の光を三つ灯して懐中電灯は予備にした。学校から帰った受験生の次男はピアノを弾き、妻も早めに帰宅した。近所を見回ってみると、町並みは暗く沈んでいた。

やがて、通電し家々に歓喜の声が上がったが、遠い日を思い、夕食は蝋燭の明かりでいただいた。翌日、高圧電線からの氷片が雪上に美しく輝いていた。

マイ　スローライフ

自営業兼自由業と称して二年
庭仕事、畑仕事、漁撈・採集と後処理
書物整理、読書、囲碁研究等々に夕食作り
やることは多く、「忙しい」が一応の口癖
遊びの誘いや相談事があれば気楽に出かけ
気分によっては、鮎釣りの車内泊もする
五頭山など地元の山にも何度か登る
次男の食中毒に際しては京都暮らしを一週間
その後の五十肩が長引けば、太極拳を習う
それにしても
昨年は、教育をめぐるさまざまな報道に
心を痛めたり、憤慨したり、追想したり
矜持を持って真当に励む先生に
健康を保持し、強く明るくやさしくと祈るばかり

ある春の日の採集

四月某日　早出川の支流に入る
山桜の淡いピンクの花弁が
柔らかな緑の中に映えていた
コブシの白い花や　雪椿の赤い花も迎えてくれた
岩魚は三匹だったが
山ワサビを十分なだけ採った
根は残し　葉と白い花と茎をいただいた
水洗いした後　刻んで　熱湯にさっとくぐらす
それで　独特なほろ苦い辛味を味わえる
他に　コゴミとアケビの芽とタラの芽も
彩りにする程度を土産にできた
さて　家に戻って　晩酌の酒菜《さかな》を作るとするか

ある秋の日の採集

翁から聞いた話を頼りに
狭い山道を　紅葉をめでながら
愛車で上り下りしていくと
確かに　数軒の民家がたたずんでいた
こんな山奥にと思う所にも
人は暮らしているのだ
さらに先に進んで車を降り
長靴に履き替え　リュックを背負い
熊除けの鈴を鳴らしながら
落ち葉を踏みしめて分け入ること数十分
立ち枯れたナラの大木に
根元から　幹の高い所まで
ナメコは美しく金色に輝いていた
汗ばんだ身体に霜月の風はやさしかった

ある夏の日の胎内川

七月某日の胎内川下流左岸
十六センチ程ではあるが　天然若鮎の躍動に心躍らせた
食後　対岸に渡り　やがて分流に入る
一人で夢中になって釣っていたが
少しずつ増水していた川に濁りが出た
本流に戻ると激流である
十年程前の常浪川Ｋ氏遭難事件を想起した
渡河を断念し　遠い右岸堤防をめざす
小沢を越え鬱蒼と暗い雑木下の藪を進んだ
蜘蛛の巣や野薔薇のトゲに悩まされ
堤防に登り橋を回って元に戻るまで数十分
幸い　オトリ缶は無事　釣果は二十四匹
淡いピンクのネムの花が　夕日を浴びて微笑んでいた

スリーゲンキーズ

最後の勤務校でシゲさんと出会い　二人で飲んで歌うようになった
共通の友人にネコさんがいると分かり　三人で飲み歌うようになった
ネコさんの奥さんはピアノの先生で　特養老人ホームでボランティアをしていた
女性だけの音楽グループである
昔の流行歌のリクエストも多いので　我々三人に歌手の依頼があった
スリーゲンキーズの誕生である

ネコさんとはワラビ採りやキノコ採りに一緒に行った
シゲさんの奥さんは版画や日本画の画家で賞を何回ももらっている
いただいた朱鷺の版画は我が家の玄関を明るくしている

三月（二〇一一）

その日の午後　自宅で友人のM君と碁を打っていた
突然の激しい揺れで外に飛び出し　対局は中止した
テレビは巨大津波の惨状を映し
戦慄は世界に走った
原発事故は放射能を撒き散らし
不安は今に続いている
それでも　雪割草の花は可憐に輝き
長男のミチタカとイクミさんは挙式して
未来を担う足場を築いた
そういえば
私の父が戦死したのも
その一週間前に私が出生したのも
敗戦の年の三月のことであった

感謝

不安と覚悟と興味を抱いて　初めての個室入院をした
難しい網膜の手術であったが　一時間余で無事終了
その後の経過も順調　二週間で退院となった
手術前は　裕次郎の歌を聴いたり
碁盤に碁石を並べたり
食堂で食事したりした
術後は　前例はないという　ギターも許してもらった
昔覚えの曲を指は何とか思い出した
初孫の見舞いも嬉しかった
祖父江先生　佐々木先生　多くの看護師さん　その他の病院の皆様に
感謝　感謝　感謝

磯貝画伯

美術教師で碁敵《ごがたき》の磯貝画伯は不思議な男である
テレビの囲碁番組を見ているだけで　特に碁の勉強はしていないと言う
私は彼を負かすために努力している
彼に打ち勝つと嬉しいし　悔しがる姿を見るのも楽しい
碁の本は相当に買ってある
ビデオやＤＶＤも買って研究している
その努力の結果として　確実に彼を抜いたと思う時が何回もある
これで私の白が定着したと　内心の喜びを隠しているうちに
いつの間にか私に追いついてくる
時には私の上に立ったりする
また私が努力して　彼を抜くと
努力しない彼が追いついてくる
私は碁の学習から離れられないのだろうか

何年か前のこと　磯貝画伯が
第八十回独立展で　最高の賞である独立賞を得たことが新聞に載っていた
その前に新人賞を受賞した時も載っていた
ちょうど東京にいる娘が指導するという保育園の運動会を見に行く用があったので
妻と六本木の国立新美術館へ鑑賞に行った
数多くの絵が展示されていたが
一番目立つ場所に　大きな二枚の抽象画が展示されていた
磯貝四郎画伯の絵である
加工した金属なども使った　立体感のある不思議な作品である
地球の神秘のようなものを感じた
退職記念にと彼からいただいた絵を　座敷に飾っているが
今までよりも立派な作品に思えてきた
その後　磯貝画伯は　独立展や他の審査員もやっているという

師走

鮎釣りの度に　少しずつ拾い集めた　川原石は十分だ
年の暮れではあるが　青砂利を買って　枯山水の池を作るのだ
満月に青白く光る池だ
亀のような石も浮かべよう
保育士の娘が東京から帰省する
会社員の次男はインドネシア出張中だが
日頃は忙しすぎる医師の長男も　嫁さんと二人の孫を連れてやってくる
びっくりさせてやるのだ
乱雑な物置と化した部屋を空にするという　娘との約束もある
賀状は後回しにするしかない
残念だが　最後の碁友会も出られない
もう少しだ　がんばろう
寒い中での二つの作業であったが
何とか　間に合いそうだ

縁

白髪の凛とした老夫婦の高砂人形を核に
鶴と亀そして松竹梅の飾り物と合わせて
厳かに結納の品々が並べられた
縁があったのだ
祝宴の後　亀田諏訪神社に詣で
護国神社の坂口安吾碑等をめぐり
佐渡に沈む夕日を共に見た
縁であった
翌日　沢海《そうみ》の北方文化博物館から寺泊と出雲崎へ車を進めた
「良寛と夕日の丘公園」からの眺望は互いの記憶に残ることであろう
二日とも　秋の好天に抱かれ　諸所にツワブキの黄色い花も祝福していた
大阪と新潟にまつわる　縁を思う

嫁ぐ娘に

良い人に巡り合えたことを　ありがたく思え
運命の人は大阪だったのだ
お前も大阪の人間になるよう心がけよ
二人が別の環境に育ち
個性も考えも異なることは当たり前だ
自分と違う行動や思考を面白いと楽しめ
伴侶は己を映す鏡だ
共に生活する中で今まで見えなかった自分も見えてくる
自分の至らない所も気づかせてくれる
夫の短所も見えてくるだろう
お互い欠点があるからこそ人生は楽しい
好いところに魅かれて一緒になったのだ
何より、お前を可愛いと思ってくれた男だ
どうでもよいことに我を張るな

三十歳の誕生日を祝ってもらったばかりのお前だが
いつまでも可愛い女と思われるように
自分の夫を思いやれ
職場で何があったか分からなくても
家にいる時の夫がゆったりとくつろげるように気を配れ
面白いバカ話をして
二人で笑い合える家庭がよい
笑いは免疫機能を高めるというではないか
規則正しい生活を心がけ
野菜料理を工夫して
互いの健康管理に努めよ
時々は、子どもの頃の自分を思い出せ
親や兄弟、先生や世話になった人たちや友達を思い出せ
そして、夫と自分の子どもを慈しめ
時には、親子で夕日を眺めるのもよい
人生の不思議に思いが及ぶだろう

免状獲得（まずは三段）

初めて訪れた市ヶ谷の日本棋院には
多くの老若男女の熱気があった
初戦は　序盤の失敗で劣勢の碁を何とか持ち直し
かろうじて勝利した
二回戦・三回戦は楽勝と言えた
三勝同士で対戦した最終局は　勝てば無料　負ければ半額で
初の免状獲得となる
布石から中盤へと順調に推移し　圧倒的な優勢でヨセに入った
しかし　あまりにも気分良く打ちすぎた
終盤にミスが出て　わずかに敗れた
後日　送られてきた三段免状を額装した
二重の和紙に　全文が毛筆の手書きで書かれてあり
不思議な力を漂わせている

酉年回顧（二〇一七）

車のキーや眼鏡などをどこに置いたのか
探し回る回数が増えたのは確かである
それでも　特別養護老人ホームでの
ボランティア歌手は堂々と続けている
鮎釣り先のコンビニ駐車場での接触事故は
一回り上の老女の大きな勘違いがあり
面白い経過をたどって円満に決着した
長男夫婦は第三子の次女を授かり五人家族になった
そして新居を構えた
大阪に住んでいる娘夫婦には次男が生まれた
若くして親と別れた七回目の年男は　いつの間にか五人の孫持ちになっていた
県アマ囲碁四段位獲得戦では　運の味方を得て優勝することができた
年の暮れに薪ストーブを復活させたのも特筆すべきことである

純情二重奏

今から十三年ほど前であろうか
男三人で　ある特養老人ホームでの
ボランティア歌手を始めたばかりの頃
次回に歌ってもらいたい曲はないかとの
司会女性の問いかけに
車椅子で声も不自由な高齢女性が
〈森の青葉……〉とリクエストした
我々が知らなかった「純情二重奏」である
四番まで全て〈亡き母恋し〉で終わるこの歌を
昨年　ある敬老会で　九十一歳の男性が
しっとりと見事に歌ってくれた

一、森の青葉の　蔭に来て
　なぜに寂《さみ》しく　あふるる涙

想い切なく　母の名呼べば
小鳥こたえぬ　亡き母恋し

二、君もわたしも　孤児《みなしご》の
ふたり寄り添い　竜胆《りんどう》摘めど
誰《たれ》に捧げん　花束花輪
谺《こだま》こたえよ　亡き母恋し
〔作詞　西條八十〕

書見台と写真

山羊の透かし彫りの入った　年代ものに見える書見台を持っている
そこに　季節の花の写真などを載せて　ひそかに楽しんでいる
ラミネートされた写真は　ぴったりと書見台におさまっている
家宝とも言えるこの書見台は　塩尻市に住む荻さんからいただいた作品で
私のために作ってくれたものだ
荻さんは　定年後に木工を習い
木工作品の個展を開いたり　販売までするようになっている
我が家を訪れた客は皆　かなり昔のものだと思ってくれている

写真は幼馴染みの涼ちゃんからいただいたものだ
涼ちゃんの写真は素晴らしい
サクラ、ボケ、アヤメ、バラ、ボタン等の花の写真の他に
紅葉や鳥の写真など　多くの作品をいただいた
新潟総踊りの背景と地面を消して　踊り子だけを浮かび上がらせた写真は

訪れた客の誰もが驚嘆する
私は　額にもいくつか入れて鑑賞している

涼ちゃんの写真の実力を知る人は知るが　彼は展覧会に応募したりはしない
強い自負心を持つからだろう
カメラは何台も持っていて
天気の良い日は　愛車に乗って　各地に題材を求めている
実は　その作品は日本だけでなく　世界中に公開されている
「ＨＯＮＺＵワールド」というホームページを開いてみれば
彼の世界の豊かさを実感することができる
涼ちゃんは　世に隠れた写真の名手ではないだろうか

花碁会

純さんからつつかれて、また一泊の囲碁会を計画した。会場は咲花《さきはな》温泉の「ホテル丸松」という家庭的な雰囲気を持つ旅館で、三十年近い付き合いである。建物は古いが、温泉は源泉百パーセントのかけ流しで名湯である。硫黄の匂いがして、色は緑色が基調だが、露天風呂は白濁していることもある。

旅館の亭主は、一つの趣味に執着することに並々ならぬ才能を持っていて、山の中腹に城を築いて城主になっている。また、瓢箪にも興味を持ち、瓢箪園も作った。近年は石を愛するようになり、ロビーには、砂を入れた浅い植木鉢や木の台に載せた銘石がいくつも飾られている。玄関入り口の両側にも、さまざまな川原石が並べられている。

初めの頃は我々が碁盤を持ち込んでいたのだが、やがて旅館の方で古い碁盤と碁石をたくさん集めてくれたので、幹事の準備が少し楽になった。他の囲碁グループもいくつか利用しているようだ。以前は、同じ職場の十人以上の仲間でやっていたのだが、年々参加者が減り、案内状を出すような面倒なことは止めてしまった。簡単な電話連絡ですぐやれる数人で会をやるようになった。幹事はいつも私である。会の名前も咲花の花を使って、花碁会とした。

今回の参加者は、常連の純さん、画伯、Nさん、私の他に、新潟駅前の碁会所で碁友になった医師のKさんを加えて五人である。午前十時から打ち始めて、お昼を食べては打ち、夕食でビールや酒を飲んだ後でまた打つ。大会としては同じ人と二局ずつ打って順位を決め、一位と二位に賞品の図書カードを渡すようにしている。今回はNさんの優勝である。大会の対局が終わった後も、夜遅くまで打つ人が多い。

夜は誰かのイビキでよく眠れないのに、早く目が覚めるので、朝風呂を浴びた後にも碁を打っている。打ちすぎてとても疲れるので、保養にはならないと思うけれど、楽しいからか、またやりたくなるというから不思議なものだ。

ワサビ谷

そのワサビ谷は、八歳年上の従兄の昇さんから聞いていた話をもとに、一人で探しあてた場所である。

昇さんが仲間と山に登り、下りてきた時に、白い花がいっぱい咲いているのを見つけたそうだ。そこまで行って確かめてみると、やはり山ワサビで、たくさん摘んできたという。

山ワサビは普通、根を利用しない。茎ワサビともいうように、茎を折って茎・葉・蕾・花の部分を利用する。昇さんは、それを水で洗って刻んでから、熱湯をかけて熱いうちに絞ってガラス瓶に入れ、醤油味をつけて密封したものを届けに来てくれた。辛味が効いた新鮮な春の味がした。

そのワサビ谷にY家の利夫さんを案内した。幼馴染みの幸恵さんの旦那である。結構急な登りなので、少し難儀そうにもしていたが、阿賀野川を見下ろせる景色の良い場所で休憩し、現地についた。登山道からは見えない藪の中を分け入って進んで行くと、山の斜面一面に白いワサビの花が見えた。私の期待通りに、利夫さんは驚嘆の声を上げた。そして、嬉しそうな驚きの声を時々発しながら、熱心に摘んでいた。

前年、同じ場所に一回り下の従弟の忠博さんを連れてきていた。彼も一面のワサビの白い花にびっくりしていたのだが、ワサビ摘みにそれほどの熱意は感じられなかった。義弟の幸雄さんに至っては、最初からついてこようとしない。彼は、ランニングや卓球が好きで、酒を飲んだり歌ったりするのは付き合ってくれるのだが、自然の恵みには興味を示さない。季節を感じる山菜を食べる人はいくらでもいるが、それを自分で採りに行く人間は、少数派で変人なのかもしれない。

長男が中三の時、高校合格が決まったので、春の海にワカメ採りに連れて行ったことがある。心地よい陽射しを浴びながら、柔らかい新ワカメを収穫することができた。私は気分が良いのだが、長男は楽しそうでもない。

そして何日か後に、長男は私に言った。

「お父さん、何人か友達に聞いたけど、ワカメを採る父親は一人もいないよ。僕、もう行かないよ」

長男は恐らく、見端《みば》がよくないと思いながら父親に付き合って、後悔したのだろう。どうやら私は変人のようである。利夫さんも、天然の季節を味わう変人の仲間のようだ。

捨て下手

私は物を捨てるのが下手だ
そして　整理するのも下手で困る
いただいた写真の整理ができていない
古い雑誌がいつまでも残っている
古い手紙や葉書が残っている
領収書の類いの処理がうまくできない
自分の学生服もまだ持っている
むかし使った蚊帳を捨てていない
むかし使った木の蓋の釜がまだある
むかし書いた詩が見つからない

若い時の過ちの記憶を引きずっている
苦い後悔の記憶も捨てられない
しかし　楽しい記憶だって多い

嬉しかった記憶もたくさんある
人から親切にされた記憶もあれば
人に喜ばれた記憶もある

少しずつでも
物や記憶を整理しよう
過去を整理しよう
そして　心を軽くしてゆこう

春の国上山《くがみやま》

冬に岩原《いわっぱら》スキー場の旅館で一緒に泊まったときの計画で、学生時代の仲間たちと国上山に登った。春の国上山は花の山だった。カタクリの群落があちらこちらにあり、ショウジョウバカマや雪割草、スミレがこれに続き、キクザキイチゲやイワカガミ、シュンランなどの山草も見られた。樹木でもサンシュユ、キブシの花が見られ、山桜も咲き始めていた。アオキの赤い実も山を彩っていた。

山頂の広場では、幾つかのグループが春の陽射しを浴びながら会話を楽しんでいた。我々はそこで少し休んでから、剣ケ峰まで足を延ばしたが、山頂ではカタクリの大群落が出迎えてくれた。そこで、Y君が自分で作った干し柿を頂いた。白い粉がびっしりふいていて美味この上もなかった。

一緒に登った六人は、全員が後期高齢者ながら元気である。

長岡のK君は、民生委員をやりながら里山管理ボランティアの仕事をしている。また、フォークダンス団体のリーダーとしても活躍している。

O君は、毎日一万歩以上を歩くことを日課にしている。そして、シニアサッカーのグループで活動をし、畑仕事で多くの野菜を作っている。

S君は、奥さんのやっている塾で英語を教えている。そして、風景画を描いたり、長岡から実家のある津南まで通って、母親の畑仕事を手伝っている。

巻に住んでいるY君は、地区の卓球の会でリーダーの役割を果たしている。民生委員も引き受けている。定年後に始めた囲碁も上達している。

今回初めて招いたSさんは我々より四学年上の先輩である。公職は退いたが、新潟に住みながら、築二〇〇年以上という魚沼の実家の管理に通っている。

私は、時々病院の世話になりながら、いくつかの仕事をしている。仕事といっても、金銭収入とは関係がない。そこを理解できない友人がいるのだが、畑仕事や庭仕事も仕事である。家事も仕事であれば、食べるために魚を釣ってきたり、山菜やキノコを採ってくるのも私の仕事である。町内会（自治会）の仕事を引き受けていたこともある。


宿所は寺泊にある「見附《みつけ》海の家」だが、間も無く閉館になるという。見附市に住むO君の世話で何回か利用していた。ステンレス製の大きな浴槽からは、日本海と佐渡がよく見えた。夕食の料理はいつものように、安い料金に似合わぬご馳走が出た。食堂ではビールと酒を飲んだので、ご飯はお握りにしてもらった。

宿泊する部屋は三階で、二人ずつの三部屋が用意されていた。我々は、真ん中の部屋で持ち込みの酒でまた飲んだ。つまみを各自一品ずつ用意しようということだったが、Sさんの持込料理には驚いた。鯉の甘露煮と牛蒡煮、山タケノコ入りのゼンマイ煮、アザミの茎煮、ニシン・大根・人参の麹漬けという多種多量のものであった。我々がスーパーで買ってきたり、自分で作った料理とは比べ物にならない立派な料理で、とても美味しくいただいた。Sさんは、高校で家庭科の教師をしていた奥さんのK子さんから作ってもらってきたのだ。私と彼女とは、最後の勤務校で一緒だった。

我々の他に客は無く、遅くまで話をしたり歌を歌ったりした夜であった。

六日後の三月末日、私は妻を案内してまた国上山に登った。さわやかな晴天で、空気も澄んでいた。雪割草は前回より少なくなっていたが、カタクリやショウジョウバカマなどの山草は、やはり見事であった。山頂からは佐渡がよく見えた。帰りは蛇崩《じゃくずれ》を通り、ちご道を廻って下山した。こちらのカタクリは花が大きかった。妻の二本のステッキと私の手製の木の杖は、この日も活躍した。

ゲンヤの結婚

年の暮れの忙しい時に　東京に住む次男のゲンヤから電話があった
ユウカさんと結婚することを決めたという
東京育ちのユウカさんを我が家につれて来たこともあり
ようやくこれでと胸をなでおろした
続いて　数字の良い一月十一日に婚姻届を出したいというから驚きだ
親同士の顔合わせや式などは後だという
我々の時代は式と披露宴の日が大事で
形式的な婚姻届は後回しだったのにと大いに面食らったが
相手方の親御さんも承諾ならと了解した

そのうちに両家顔合わせをするというのだが
二人とも仕事が忙しいのか　連絡が来ない
聞けば　まず一緒に住む部屋を探すという
やがて住むアパートが決まるが

引っ越しや整理で忙しいなどと言っているうちに
新型コロナウイルスの騒ぎが出てきた
仕方がないので手紙で挨拶を交わしただけだが
いいではないか　二人が幸せならば
一人で夜のトイレに行くのを怖がっていた
チビさんであったゲンヤが社会人になり
自分のやり方で家庭を築いているのだ
頼もしいではないか

何はともあれ
ゲンヤとユウカさん　結婚おめでとう

おわりに

ここに記した詩文は、私が二十五歳から五十年間に書いたものの寄せ集めである。二歳の頃から現在に至るまでのことを題材にしているが、新型コロナウイルスによる自粛生活中の令和二年三月・四月に書いたものも多い。自分史的な側面も持たせたため、詩歌のほかに記録文や随想・物語などもあり、雑炊のような雑多さであるが、人生とはそのようなものではないかと思う。戦後の庶民世相の一端は、書き残せたのではないだろうか。

私の父は三十三年の生涯であった。母は四十六年、養父は五十二年である。結婚して男女二人の母として幸せに暮らしていた妹も、病を得て私より先に他界した。両親の年齢を超えてはいたが、五十六年の一生であった。私は、幸いにして後期高齢者としての道程を歩むことになった。今回「波輪」を著すにあたり七十五年を振り返って、私がいかに多くの人たちとの関わりを得て生きてきたのかを再認識した。その全ての人に、敬意と感謝の念を伝えたい。そして、私が老後の人生を過ごせているのは、四十五年間にわたり苦楽を共にしてきた妻のお蔭であると思っている。

最後に、私の初めての出版にあたりご尽力いただいた、文芸社出版企画部の青山泰之さんと編集部の宮田敦是さんに深く謝意を表したい。

著者プロフィール

今井 せいじ（いまい せいじ）

昭和20年（1945年）、京都府で生まれる
新潟県中蒲原郡亀田町（現新潟市）で育つ
昭和42年（1967年）、信州大学教育学部社会科を卒業後、新潟県公立高校教員として勤務する
平成17年（2005年）3月、新潟県立新潟中央高等学校を最後に定年退職する
以後、自由業を称し、新潟県で暮らす

詩文集 波輪

2020年10月15日 初版第1刷発行

著 者 今井 せいじ
発行者 瓜谷 綱延
発行所 株式会社文芸社
〒160-0022 東京都新宿区新宿1－10－1
電話 03-5369-3060（代表）
03-5369-2299（販売）

印刷所 株式会社フクイン

ISBN978-4-286-22001-7 JASRAC 出2005059－001